FSC
www.fsc.org
MIX
Papier aus verantwortungsvollen Quellen
FSC® C006655


Rohrbacher Straße 18
D-69115 Heidelberg
www.wunderhorn.de



Gestaltung & Satz: Leonard Keidel
Druck: NINO Druck GmbH, Neustadt/Weinstraße
ISBN: 978-3-88423-544-7

Kai Gutacker

# *Nacht auf die Handfläche*

Erzählungen

WUNDERHORN

Für Helmut

# *Schwarze Algen*

*Wenn ich schon mal zu früh*
*sterben sollte, dann wie James Dean*
*– auf einer Kreuzung, im Porsche. Zack. Aus.*
*– Falco*

1

Der berühmte Talkmaster Michael Pohl würde in drei Monaten, am 14. Oktober, zum letzten Mal auf Sendung gehen. So hatte er es einvernehmlich mit seinem Sendeleiter beschlossen, der ihn heute nach der Show zu sich in sein Büro gerufen und vor die Wahl gestellt hatte: entweder eine ziemlich hohe Abfindung oder ein schlechterer Sendeplatz. Beide hatten gewusst, dass das einer Entlassung gleichkam, die nur deshalb nicht offen ausgesprochen worden war, weil man einen Michael Pohl nicht entließ.

Als Pohl danach aus dem Büro gegangen war, hatte er die Lackstiefel auf dem Linoleum knarren lassen und war mit den Fingerspitzen am Rigips des schmucklosen Korridors entlang gefahren, der nach Kopierer roch. Es war ihm zumute gewesen wie sonst auch. Er war darüber so verwundert, sich nicht besonders leer oder frei zu fühlen, dass er sogar den obersten Hemdknopf geöffnet und die Krawatte gelockert hatte, um irgendeine Veränderung herbeizuführen.

Unten hatte er sich dann ein Taxi gerufen und zu seiner Stadtwohnung fahren lassen. Jetzt saß er vor seinem Schreibtisch, starrte auf den weißen Bildschirm vor sich und tippte wie gewohnt in die Suchmaske seinen Namen ein. Schlagzeilen über sein Privatleben blinkten auf, die Probleme mit seiner Frau und eine Reportage über seinen Sohn, außerdem die Werbeanzeige für ein Buch, das er vor einiger Zeit veröffentlicht hatte und ein Bericht darüber, dass die klassischen Late-Night-Shows immer mehr Zuschauer verlören, weil sich angeblich die Zielgruppen umstrukturierten. Von der Absetzung seiner eigenen Show stand noch nichts im Netz; vielleicht wartete die Presseabteilung auch bis morgen. Pohl ließ sich seufzend gegen die Lehne seines Schreibtischstuhls fallen, das Leder knarzte und der Stuhl rollte einige Zentimeter nach hinten über den dunklen Parkettboden. Niemand wusste, warum sich Einschaltquoten veränderten, eine Sendung mal öfter und mal weniger oft angesehen wurde, völlig ungeachtet ihrer Qualität. Nur der Zuschauer selbst wusste es, und Pohl glaubte, ein Gespür dafür zu haben, ob es gerade gut lief oder nicht, ohne das genau erklären zu können. Allmählich aber war ihm das Geschäft, das er von der Pike auf gelernt hatte, mehr und mehr undurchsichtig geworden; etwas, das er vorher wie im Schlaf beherrscht hatte, begann ihm aus den Händen zu gleiten, und seit einiger Zeit hatte er wieder Lampenfieber bekommen, bevor er auf die Bühne ging. Es war kein eigentlicher Niedergang gewesen, die Hochkaräter, die früher in seiner Sendung gesessen hatten, waren nicht ausgeblieben, im Gegenteil, zum Jahresbeginn hatte der Sender noch eine Erhöhung des Etats bewilligt, bevor die Einschaltquoten sanken. Seinen Gegenspieler beim Konkurrenzsender hatte es genauso getroffen, nur die Polittalks blieben verschont, und von allem Politischen hatte sich Pohl in der Öffentlichkeit immer ferngehalten; nicht, weil er keine politische Meinung hatte oder sich gescheut hätte, sie auszudrücken. Sondern weil sein Geschäft immer die Unterhaltung gewesen war, nicht die Meinungsmache. Er hatte Bands bei sich sitzen, die ihre neuen Platten vorstellten, Kabarettisten, Autoren oder Schauspieler, machte Werbung, und das Seichte, das ihm von der Presse vorgeworfen wurde, bevorzugte er nicht aus Bequemlichkeit oder Opportunismus – er musste sich oftmals vor den Kameras zügeln, nicht zu profund in ein Thema einzusteigen, und so die Leichtigkeit einzubüßen, mit der er seine Zuschauer unterhielt; erschöpfte Handwerker, stellte er sich vor, die ihren Feierabend genießen wollten. Natürlich war es so vom Sender auch gewünscht, fest auferlegt wurde es aber nie und der Erfolg hatte für sich gesprochen. Pohl ging zum Kühlschrank, schenkte sich ein Glas Zitronenlimonade ein und sah durchs Fenster hinunter auf die Straßen der Stadt, deren unruhige Lichter rot und gelb zuckten. In den Öffentlich-Rechtlichen trank man jetzt wieder Whisky, rauchte und machte Witze, die, wären es seine gewesen, einen Skandal ausgelöst hätten. Zumindest nachts bei Hellers Talk, einer Show, die gerade sehr im Kommen war, obwohl nicht einmal ein Prozent der Fernsehzuschauer sie sah. Pohl hatte um ein Vielfaches mehr Gäste, aber seine Sendezeit war auch die bessere gewesen und die Tendenz sprach für den jungen Heller. Pohl war ihm einmal bei einer Gala begegnet; der Junge hatte ihm gefallen und er hatte gewusst, dass er eines Tages groß rauskommen würde. In einem Interview hatte Heller Pohl als großes Vorbild bezeichnet, und Pohl fragte sich, ob das wohl ernst gemeint war, er hielt es eher für Sarkasmus. Jedenfalls hatte Pohl den heutigen Tag kommen sehen und versucht, sich darauf vorzubereiten. Aber dass er sich genauso fühlen würde wie sonst, damit hatte er nicht gerechnet. Pohl schloss den Browser, drehte sich mit seinem Stuhl, machte den Fernseher an, sah sich selbst im Studio einen Gast interviewen und schaltete schnell um auf eine Dokumentation über Flugzeugabstürze. Er genoss den Voyeurismus seiner eigenen Flugangst, als ein marodes Rumpfteil brach und die Maschine in zwei Teile riss, während der Sprecher erklärte, dass durch den nun entstandenen Luftwiderstand auch die anderen, noch intakten Teile zerdrückt und abgerissen wurden und unter solchen Umständen niemand überlebte. Die Dokumentation war gut gemacht, fand Pohl. Zukünftig müsste er nicht mehr so viel fliegen.

Kurz danach klingelte es. Tanja stand vor der Tür, wie immer ein wenig verlegen, strich sich das lange, blonde, gewellte Haar zurück und lächelte schüchtern. In der Hand hielt sie zwei Pizzakartons. Sie würde später darauf bestehen, selbst zu zahlen, weil sie ihm zeigen wollte, dass es ihr nicht ums Geld ging.

Nachdem sie gegessen und ein Glas Wein getrunken hatten, nahm Pohl ihre Handgelenke, zog sie zu sich, umfasste ihre schlanke Taille und küsste sie. Tanja strich ihm vorsichtig über den Hals und sog sein Parfüm ein, bevor sie sich wieder von ihm löste. Sie trug eine beigefarbene Jeans und eine Tunika in der gleichen Farbe über einem schwarzen Top, dazu zwei große Ohrringe in Dreiecksform und halbhohe Lederstiefel. Pohl verwunderte es einmal mehr, dass sich diese junge Medienwissenschaftsstudentin geschmackvoller anzog als die meisten seiner Showgäste mit ihren Visagistinnen und Stylingberatern. Pohl führte das Mädchen an der Taille durch die Designerwohnung zur Couch, wo Tanja, sofort nachdem sie sich gesetzt hatten, ihre Stirn in seine Halsbeuge schmiegte, sodass er ihren Atem durch den dünnen Hemdstoff auf seiner Brust spürte. Sie legte die Rechte auf seinen Bauch, blieb eine Weile lang still und fragte ihn dann nach seinem Tag.

– Ganz normal, die Show lief ziemlich gut, antwortete er, und sie nickte.

Sie hätte auch genickt, wenn er ihr die Neuigkeiten erzählt hätte, dann aber hätte sie, die angehende Medienfrau, um Worte gerungen und nicht gewusst, was sie sagen sollte. Das wollte er ihr ersparen. Er hatte Tanja gern. Später würden sie miteinander schlafen. Er würde sanft zu ihr sein, ihre seidenglatten Achseln küssen, es genießen, wie sie ihn ansah, und erst später, das aufschäumende Blut, die im Fernen gefesselte Phantasie, würde er sich ausmalen, dem jungen Heller unbarmherzig die Hände in die Schultern zu krallen und ihn hart zu ficken, ihn vor Lust aufschreien zu hören, bis er ihm die Hand vor den Mund pressen würde. Dass das schlechte Gewissen kommen würde, stand außer Frage. Tanja gegenüber – und auch seiner Frau.

Als Tanja ging, war es ein Uhr nachts. Er hatte ihr angeboten, bei ihm zu übernachten, obwohl er wusste, dass sie es nicht annehmen würde. Weil sie keine Umstände bereiten wolle, sagte sie, und sowieso müsse sie nach Hause, die Katze füttern. Es waren schwache Ausreden, aber Pohl widersprach nur halbherzig. Sie verabschiedeten sich, leise, mit einem Kuss und einem gehauchten Danke.

Als sie die Tür hinter sich zugezogen hatte, setzte sich Pohl wieder an den Rechner, öffnete das Mailprogramm, Passwort: *ihatemyjob*, und schrieb eine lange Mail an seine Frau, in der er ihr erzählte, dass er in drei Monaten seine letzte Show haben, keine neue mehr übernehmen würde, und dass sich jetzt alles ändere und er überzeugt sei, dass sie sich trotz allem, was geschehen war, nun endlich wieder näherkämen.

Er blickte auf die leeren Pizzaschachteln auf dem gläsernen Wohnzimmertisch. Seit beinahe zwanzig Jahren war Pohl jetzt schon verheiratet und die Realität hatte nur wenig mit dem zu tun, was sich die Presse von einer Showbiz-Ehe vorstellte. Sie hatten sich über die Jahre auseinandergelebt, vor allem, nachdem das Kind gekommen war. Es war wie bei so vielen anderen Ehen. Werktags arbeitete er in der Stadt und nur am Wochenende kam er nach Hause, dann aß er mit seiner Frau und seinem Sohn und redete mit ihnen über belanglose Dinge. Irgendwann hatte Pohl mit Affären angefangen, von denen seine Frau in den Zeitungen las. Es waren Gerüchte, welche die Persönlichkeit, die er auf der Bühne und in der Öffentlichkeit verkörperte, in das Eheleben hatten eindringen lassen. Inzwischen war er auch zuhause immer öfter der Showmaster, wenn er mit seiner Frau sprach und unangenehmen Themen ausweichen wollte. Pohl spielte versonnen an seinem Ehering herum, der jetzt nicht mehr so fest saß wie früher. Er hatte über die Jahre abgenommen und sein Haar war grau geworden; zuerst hatte er es gefärbt, dann hatte sein Assistent ihm davon abgeraten und gemeint, es würde ihm das gewisse Etwas verleihen.

Pohl würde die Wohnung aufgeben müssen, fiel ihm ein, und er schrieb noch eine Mail, diesmal an seinen Assistenten, den er mit den Formalitäten beauftragte. Dann schaltete er den Rechner aus, setzte sich aufs Bett und dachte nach. Solche Mails wie die vorhin an seine Frau hatte er schon öfters geschrieben, solche Versprechungen schon öfters gemacht. Bald, nach seiner letzten Sendung, würde er die Öffentlichkeit verlieren und seine Freiräume. Er würde den Rückzug nach Hause antreten oder ganz fortgehen müssen, aber er wusste, dass er sich Letzteres nicht trauen würde. Genauso gut könnte er gleich nach Hause gehen, dachte er, das würde seine Sache besser aussehen lassen und vielleicht noch etwas retten. Also stand Pohl auf, warf sich sein Jackett über und verließ die Wohnung.

Der Regen trieb den Geruch nach Sommer in die Luft und nach dem Koriander aus dem orientalischen Imbiss auf der Verkehrsinsel gegenüber. Pohl hielt Ausschau nach einem Taxi, fragte sich, wie Tanja, als Studentin mit ihrem niedrigen Gehalt, wohl jetzt heim kam, unter der Woche, wo nachts keine Öffentlichen mehr fuhren. An der Straßenecke stritten sich zwei Männer, der eine mit unangenehm schleifender Stimme, der andere mit ziemlich schlechtem Deutsch. An den beiden fuhr ein Taxi vorbei, das einen Mann in rosafarbenem Anzug herausließ. Pohl winkte dem Fahrer, der ihn erst sah, als er schon angefahren war, und jetzt abbremste. Schnell stieg Pohl in den Wagen und nach dem ihm wohlbekannten Hey-Sie-Sind-Doch-Der nannte er dem Fahrer eine Adresse in der Vorstadt. Zum Haus, in dem seine Familie jetzt schlief und wahrscheinlich noch nichts von den Neuigkeiten ahnte, weil seine Frau selten so spät noch den Mailordner öffnete. Der Mann hinterm Steuer erzählte ihm, wie fast jeder Taxifahrer, wann er wo schon einmal mit welchem Prominenten aufeinandergetroffen war. Normalerweise kam Pohl dann mit einer Anekdote über besagten Promi, um nett zu sein, und damit der Taxifahrer später nach Hause gehen und twittern konnte, er hätte Vertraulichkeiten mit Michael Pohl ausgetauscht. Heute war ihm aber nicht danach, er machte nur „mhm“ und starrte auf die Armaturen und die rote Digitalanzeige des Taxameters, auf dem immer höhere Ziffern aufleuchteten. Auf einmal vibrierte das Handy in seiner Hosentasche. Er holte es hervor und sah auf dem Display eine Whats-App-Nachricht von seinem Freund Mario.

*– Hey habe grade das mit der show erfahren. Lass im saddlers einen trinken gehen ja? LG*

Verwirrt tippte Pohl seine Antwort.

*– Wie hast du denn schon davon erfahren?*

*– Du vergisst das meine sis bei springer sitzt…*

*– Achja. Ja kk komme in 20 min*

Pohl befahl dem Fahrer, umzukehren. Der schaute ihn durch den Rückspiegel fragend an. Ohne jedoch was zu sagen, bog er an der nächsten Kreuzung links ab. Draußen flossen die Lichter der Leuchtreklamen ineinander, Neonrotviolett und Neontürkis bildeten Paare, stachen ins Auge, mischten sich und zogen Schlieren, durchstießen das blasse, allgegenwärtige Nachtgelb der Straßenlaternen. Die vorbeigleitenden Gebäude schnitten ihre scharf umrissenen Konturen aus dem Himmel.

Pohl kannte Mario schon seit der Zeit, in der er als kleiner Redakteur beim Fernsehen angefangen hatte, lange vor seiner ersten eigenen Show. Mario war Wertpapierhändler und in seinem Job absolut mittelmäßig, vom Spitzeninvestor genauso weit entfernt wie vom Kleinanleger. Die beiden hatten sich auf einer Grillparty kennengelernt, über Marios damalige Freundin, die sich später in Pohl verliebt hatte. Doch die beiden hatten sich trotz allem gut verstanden und jetzt war Mario einer der wenigen Menschen, denen Pohl wirklich vertraute. Es würde sicher gut tun, mit ihm zu reden. Ein weiteres Mal vibrierte das Handy. Diesmal Tanja.

– *Danke <3.*

Pohl dachte daran, wie sehr seine Frau es hasste, Kurzmitteilungen auf dem Handy – sie sagte immer Mobiltelefon – zu tippen und lachte ein wenig in sich hinein.

Als das Taxi hielt und der Fahrer bezahlt war, sah er Mario schon von weitem. Er saß am Fenster, leicht nach vorn gebeugt und in eine Illustrierte vertieft. Pohl ging hinein, begrüßte seinen Freund, drückte ihm die Hand und Mario gab ihm einen Klaps auf den Oberarm. Pohl setzte sich und blickte verkehrt herum auf einen weißblauen Rennwagen, der in Marios Zeitschrift abgebildet war. Es war ein Artikel über Bruno Senna, der zu Saisonbeginn zu Williams gewechselt war und in die Fußstapfen seines legendären Onkels trat. Dieser war seinerzeit in einem Williams gestorben. Allerdings blieb beim Neffen dieser Legende – ganz wie bei Pohl – der Erfolg aus. Mario lächelte und legte die Zeitung weg. Ob er lange gewartet habe, fragte Pohl. Nicht zu lange, sagte Mario und sah Pohl erwartungsvoll an, der ihn nach seinen Kindern fragte.

– Was? Oh – ja, gut ... Simon hat eine Vier in Mathe aber sonst ... Wie fühlst du dich?

– Ach. Pohl machte mit der Hand eine wegwerfende Bewegung. Übrigens, hast du's mitbekommen? Die Emmersbacher klagt gegen ihren Liebhaber. Wegen dem Video und allem.

– Ey, Michael – wie fühlst du dich?

Eine Zeitlang antwortete Pohl nichts. Dann sagte er, dass er mit dem Gedanken spiele, Tanja zu verlassen.

– Was, wieso? Das Mädchen ist doch verrückt nach dir.

– Du wirst wohl nie ein Verfechter der Monogamie werden, was?

– Ich hatte nie deine Möglichkeit, mich äh … zu betätigen.

Pohl begann, darüber zu reden, wie es sein würde, das Apartment, die Stadt nicht mehr zu haben. Pensioniert zu sein. Dann, meinte er, lieber gleich ein großer Schnitt und keine halben Sachen. Mario lehnte sich zurück.

– Glaubst du ernsthaft, du wirst jetzt von der Bildfläche verschwinden? Du bist und bleibst *der* Pohl. Und ohne Tanja, nur noch zuhause bei deiner Frau, gehst du ein.

– Mag sein. Ich will jetzt nicht so eine Scheiße sagen wie „Früher war ich ein anderer" – aber …

– Du vermisst es schon? Ja, ich war immer neidisch auf dich. Vor dreißig Jahren. Von dem, was du erzählt hast – ich hatte damals insgeheim gehofft, du würdest mich öfters mal mitnehmen.

– Hab ich das nicht?

Mario atmete geräuschvoll aus.

– Nicht bei den wirklich großen Sachen. Konntest und durftest du ja vielleicht auch gar nicht. Aber sowas wie Wien damals – die Musikparty, von der du so oft erzählt hast? Als du mit den ganzen Stars gefeiert hast? Und die Frauen, die das Plattenlabel bestellt hat, und das Koks …

Pohl schlug mit der flachen Hand auf den Holztisch, wenn auch nicht allzu fest.

– Spinnst du? Brüll das hier doch nicht durch den ganzen Laden, zischte er.

– Entspann dich doch mal. Oder siehst du hier irgendwo einen von der BILD?

– Außerdem war das nur einmal. Und es waren die Achtziger. Heute gibt's sowas gar nicht mehr, wieso nachtrauern? Ich muss dir ja nicht sagen, wie viele von denen schon unter der Erde liegen.

– Kannst du mal aufhören, vom Tod zu reden? Das ist ja unerträglich.

Die beiden bestellten Kaffee. Pohl, in dem eine gewisse Unruhe hochstieg, ähnlich dem Gefühl, das man hat, wenn man eine schlechte Nachricht befürchtet, aber nicht sicher sagen kann, ob und wann sie einträfe; Pohl, der sich trotz seiner Worte und der E-Mails nicht vorstellen konnte, ein Familienmensch zu werden, drehte mit Daumen und Zeigefinger den Henkel seiner Kaffeetasse nach links und rechts. Mario beobachtete ihn, schien sich auf die Situation seines Freundes zu besinnen und achtete mehr auf seine Worte, sprach auch immer langsamer und legte zwischen seinen Sätzen längere Pausen ein. Pohl irritierte das nur umso mehr, und um das Thema zu wechseln, lenkte er das Gespräch wieder in Richtung Vergangenheit, Wien kam zur Sprache und schließlich, ohne großartig darüber nachzudenken, fragte Pohl:

– Hast du das Zeug eigentlich mal ausprobiert? Kokain?

– Nein, nie, antwortete Mario und sah ihn verwirrt an.

Offenbar hatte er es für einen Vorschlag gehalten.

Natürlich hatte Pohl das nicht so gemeint.

## 2

– Ich glaube, ich habe selten etwas so Kreuzdämliches getan.

Pohl stützte sich an die Außenseite eines Haltestellenhäuschens und wirkte verkrampft, obgleich er versuchte, sich einen Anschein von Lässigkeit zu geben.

Mario neben ihm rauchte und sagte nichts. Vorhin hatte er Pohl die ganze Zeit bedrängt, ihm gesagt, es würde ihm sicher gut tun, die Ereignisse des Tages zu vergessen, und schließlich, als das nicht zog, sich über die Einförmigkeit in seinem eigenen Leben beklagt. Nie würde sich zwischen den Kindern und den Wertpapieren etwas Spontanes ergeben, und seine Frau würde ihm schon verzeihen, so lange aus dem Haus zu bleiben, er könnte die Absetzung der Sendung ja als gute Ausrede verwenden. Für ihn, Mario, wäre es genauso wie für Pohl die letzte Gelegenheit, das alte Leben auszukosten. Und überhaupt könne es doch auch Pohl nicht schaden, ein wenig Spaß zu haben. Nach langem hin und her hatte dieser zugestimmt, vielleicht auch, um etwas gegen die stärker werdende Unruhe zu unternehmen. Er hatte seinen Assistenten angerufen – allein schon so etwas über seinen Assistenten abzuwickeln, den er normalerweise damit beauftragte, in Restaurants zu reservieren oder Fanpost durchzusehen! Der hatte zunächst gefragt, ob er das richtig verstanden habe, und auf Pohls Insistieren hin dann doch versprochen, etwas zu organisieren. Am Ende war es leichter, ihn dazu zu bringen, als Pohl gedacht hatte, und er hatte sich gefragt, wie ausgefallen seine anderen, alltäglichen Wünsche die Jahre über gewesen sein mochten, dass er jetzt auf so wenig Zurückhaltung stieß.

Bis der Assistent zurückgerufen hatte, sie sollten am Monbijoupark auf einen auffälligen Mann warten, der auf sie zukäme, hatten die beiden im *Saddler's* gesessen und Bier getrunken. Jetzt warteten sie draußen schon zwanzig Minuten, es hatte in der Zwischenzeit geregnet und die grobgehauenen quadratischen Pflastersteine waren mit konturlosen Lichtflecken überzogen, schmutzige Splittkügelchen setzten sich in den Rillen ihrer Schuhsohlen fest. In Sichtweite auf dem gegenüberliegenden Gehsteig lehnte eine Prostituierte an einer Hauswand, rauchte und bemühte sich nicht allzu eifrig, die Vorbeigehenden zum Mitkommen zu überreden. Wie in Gedanken lockerte Pohl seinen Krawattenknoten und für einen Augenblick war ihm, als stiege ihm der Geruch nach Kopierer wieder in die Nase.

Als Pohl sich umdrehte, stand plötzlich ein Mann im weißen Nadelstreifenanzug vor ihm. Pohl hatte ihn nicht kommen sehen. Er schaute kurz zu Mario hinüber, der ebenfalls überrascht wirkte. Der Mann war vielleicht Anfang Dreißig, die Haare in einem auffälligen Weißblond, das vorne von einer breiten Partie Schwarz durchbrochen wurde, bei dem man rätseln musste, ob es seine Naturfarbe war, und das seine Entsprechung in den anthrazitfarbenen Nadelstreifen seines Anzugs fand. Er reichte Pohl die Hand, sagte kurz – höflich aber nicht übertrieben –, dass es ihm eine Freude sei, Pohls Bekanntschaft zu machen, auf viele seiner Kollegen sei er ja auch schon getroffen. Dann stellte er sich als Viktor Sorokjew vor – oder einfach Vic. Als Pohl bemerkte, er spräche keinerlei Akzent, verzog er seine schmalen Lippen zu einem Lächeln. Er komme eben viel herum, antwortete er.

– Wieviel soll es denn kosten? fragte Pohl, auf einmal sehr direkt.

– Nur für dich, oder auch für ihn hier?

– Für beide, antwortete Mario.

– Dann Siebenhundertvierzig.

– Was?!

– Du kaufst nicht oft Kokain, was, mein Freund? Natürlich so viel. Vierhundert pro Person. Der Rest ist Rabatt. Überhaupt: sicher, dass es Kokain sein soll? Nicht etwas ... na ja, Zeitgemäßeres?

Pohl verhandelte noch ein wenig, aber Viktor monologisierte über die Qualität seiner Ware und scherzte, er sei sich sicher, Pohl damit nicht in den Ruin zu treiben. Schließlich einigten sie sich auf Siebenhundert und Pohl ging einen Geldautomaten suchen. Vic gab ihnen die Tütchen, bedankte sich, und als sie sich gerade umdrehen wollten, fragte er, wo sie seine Ware einzunehmen gedächten. Pohl und Mario sahen sich etwas ratlos an, weshalb ihr Gegenüber fortfuhr.

– Ich nehme euch einfach mit auf eine Privatparty. Eintritt übernehme ich aus euren Siebenhundert. Unser lieber Fernsehstar ist ja sicher einigermaßen bekannt hier und könnte am Ende noch erwischt werden. Und mein kleines Laster versaut mir leider das, was eigentlich meine Jobvoraussetzung Nummer eins wäre: Unauffälligkeit. Also keine edle Spende von mir, sondern reine Rückversicherung, nicht drangenommen zu werden, falls einer euch erwischt. Und außerdem kommt das Zeug einfach nicht gut ohne Party.

– Sorokjew ist doch sicher kein richtiger Name?

Vic lachte.

– Nein, es ist ein richtiger Name. Allerdings nicht meiner.

Die drei gingen eine gute Weile zu Fuß, durchquerten Straßen mit immer weniger geläufigen Namen. Pohl versuchte, sich im Schatten zu halten, um nicht erkannt zu werden, aber die Vorbeigehenden beachteten ihn gar nicht. In einer Straße, die sich in nichts von den vorhergehenden unterschied, bedeutete ihnen Vic mit der Hand, rechts abzubiegen. Sie gingen durch eine schmale Gasse zwischen zwei Häusern, die in einen großen, gepflasterten Innenhof führte. Nirgends brannte Licht. Vic ging voran, sie überquerten den Hof, nahmen einen anderen, genauso dunklen Durchgang, der bald nach rechts abknickte und in einen zweiten, kleineren Hof führte. Dort stand ein groß gewachsener Glatzkopf vor einer Stahltür. Auch hier waren alle Fenster dunkel. Der Türsteher schien Vic zu kennen, zumindest grüßte er ihn flüchtig mit der Hand und ließ ihn wie selbstverständlich durch. Pohl sah nicht, ob Vic dem Mann Geld zugesteckt hatte oder nicht. Im Gang blendete eine Neonröhre, Pohls Augen begannen in dem kalten Licht zu tränen und er musste sie mit dem Handrücken trockenreiben. Er kam sich vor wie in einem Krankenhausgang, alles steril und anonym.

Aber als sie durch die Tür auf der gegenüberliegenden Seite gingen, staunten sie nicht schlecht. Sie standen in einem hohen, weiten Raum, einem Club mit rot angestrichenen Wänden und roten Leuchtdioden in den geschwungenen Designermöbeln. Die weißen Stroboskopblitze zuckten über die gemusterten Hemden der Männer und die Halsketten der Frauen. Ein behandschuhter Kellner trug eine Flasche Champagner in einem Eiskübel durch den Raum. Die Musik war fast schon dezent, aber dennoch atmosphärisch; auf einer Galerie wanden sich drei weiße String-Tangas um Chromstangen. Es waren viel mehr Frauen als Männer hier.

– Der Hintereingang, erklärte Vic. Vorn ist heute zu.

Mario klopfte Pohl auf die Schulter. Dann ging er in die Richtung, wo er die Toiletten vermutete. Pohl folgte ihm, fühlte sich dabei aber immer noch nicht wohl in seiner Haut. In der Herrentoilette nahm sich jeder eine

Kabine, Pohl breitete ein Taschentuch auf dem Spülkasten aus, und dann geschah etwas so unbedeutend Alltägliches, dass niemand darüber hätte ein Wort verlieren müssen, wenn es nicht der berühmte Prominenten-Ausquetscher Michael Pohl gewesen wäre, der es tat.

## 3

Die Nacht lag ihm schal unter der Zunge. Seine Bewegungen erschienen ihm nicht freier, nichts war großartiger als zuvor. Die Luft, die ihn umgab, roch genauso muffig wie in jedem anderen Club. Allerdings war er sich nicht ganz sicher, ob das, was Vic ihm verkauft hatte, nicht doch wirkte, ähnlich wie bei einem Betrunkenen, der sich völlig nüchtern fühlt, aber von den anderen auf seinen Zustand angesprochen wird.

Pohl stand an der Bar, bestellte sich ein Bier und trank ein paar schnelle Züge. Hier fragte zum Glück niemand, weder der Barkeeper noch die Menschen um ihn herum. Drüben auf dem Floor konnte er Mario tanzen sehen, mit ausladenden, energischen Bewegungen, die Rausch und Zufriedenheit verrieten. Auch deshalb wollte er sich bei Vic nicht beschweren gehen. Er fragte sich, wo der überhaupt steckte. Im Schwarzlicht auf der Tanzfläche müsste er wahrscheinlich so heftig leuchten, dass es einem in die Augen stechen würde, also war er wohl woanders. Er griff nach seiner Flasche auf dem Tresen und versuchte, durch die Kühle, die sich auf seiner Handfläche ausbreitete, das Gefühl der Unwirklichkeit zu vertreiben, durchmischt mit den Gedanken an das, wovon er sich offensichtlich auch hier nicht ablenken konnte. Der Neid seines Freundes auf sein früheres Leben stieß ihm immer unangenehmer auf.

Ein junger Typ streifte seine Schulter, hob entschuldigend die Rechte und ging weiter. Sein Gesicht mit den geschwungenen Lippen und dem scharf gezogenen schmalen Bartstreifen um den Kiefer machte Eindruck auf Pohl. Vor den Treppenstufen zu den Separees musste dieser athletische Mann sich am Sockel festhalten, um nicht hinzufallen. Dann schwankte er zum DJ-Pult, stieß einen anderen Gast an, dessen Getränk über den Gläserrand schwappte und auf seinem Hemd landete.

– Ich wusste gar nicht, dass unser Talkmaster zweigleisig fährt, sieh an.

Neben ihm hatte sich Vic aufgebaut, der mit seinem rechten Unterarm auf dem Tresen lehnte.

– Was?

– Sie starren, mein Lieber, sagte Vic mit eigentümlichem Singsang in der Stimme, Sie starren, und das auch noch verdammt auffällig, zu dem Jungen hinüber.

– Welchen Jungen meinen Sie?

Mit gespreizten Fingern fuhr sich Vic durchs Haar.

– Ach bitte. Wir sind hier ganz privat. Holen Sie ihn sich doch. Ich habe so das Gefühl, er wird sich Ihnen nicht widersetzen. Oder wird ein Michael Pohl jetzt doch moralisch?

Pohl sprang auf.

– Okay, Klartext! Was denkst du kleiner Scheißkerl dir eigentlich? Nichtmal das Zeug, das du mir verkauft hast, wirkt.

Vic deutete hinüber auf die Tanzfläche. Auf seinem Gesicht zeigte sich ein vielsagendes Lächeln.

– Es scheint im Gegenteil ganz tadellos zu wirken. Außerdem wollte Michael Pohl ja gar nicht wirklich Kokain nehmen, insofern ist doch alles in bester Ordnung.

– Gib mir sofort das Geld zurück, sonst ...

– Sonst? Zeigst du mich etwa wegen Betrugs an? Das wäre aber ein sehr amüsantes Gespräch mit den Beamten. Oder beschwerst du dich bei deinem Assistenten, dass er in zehn Jahren, wenn's dich mal wieder überkommt, einen anderen finden soll? Ich glaube, das nehme ich in Kauf.

– Verpiss dich einfach.

– Mit dem allergrößten Vergnügen. Ich habe sowieso noch etwas zu erledigen. Wünsche noch einen schönen Abend.

Pohl wollte gehen. Er schob sich an den Clubbesuchern vorbei, inhalierte die Mischung aus frischem Schweiß und den schamlosen Parfüms der Tanzenden und wischte sich ganz unwillkürlich mit dem Jackettärmel über Mund und Nase. Mario hatte eine mittelmäßig attraktive Brünette bei den Hüften gepackt und rieb seinen Schritt so an ihrem Hintern, dass Pohl deutlich sehen konnte, wie sich seine Erektion unter dem Jeansstoff abzeichnete. Sein Ärger auf ihn brannte Pohl in der Magengrube. Soll er mir gestohlen bleiben, dachte er.

Pohl verließ den Raum und ging sich seinen Mantel holen. Mit der Garderobenfrau kam er kurz ins Gespräch; er fragte, ob sie schon lange auf diesen privaten Partys arbeite, sie nickte lächelnd und versicherte ihm, dass man gar nicht glaube, was an solchen Abenden alles bei ihr abgegeben wird. Bauchtaschen, BHs, Ringe, einmal sogar ein Modellauto und ein gesprungener, altmodischer Zwicker.

Als er draußen auf der Straße stand, dachte er, dass es das doch jetzt unmöglich gewesen sein könne. Plötzlich musste er an seine Frau denken, wie sie nachher zum Frühstück Apfelsaft statt Milch über ihre Cornflakes gießen würde; an den Betrunkenen und seine durch das Licht weichgezeichneten Muskeln am Oberkörper. Und Tanja, die einem solchen Jungen doch eigentlich verfallen müsste – sollte er die beiden in seiner Vorstellung einander gierig umschlingen lassen?

Er wusste nicht genau, wohin er gehen sollte. Irgendwo in die Öffentlichkeit, wo er das peinliche Herumirren zur letzten Nacht stilisieren konnte. Wo es Fans gab und keine falschen Sorokjews. Ihm fiel der Name irgendeines Clubs ein, er googelte die Adresse auf seinem Handy, ging los und war irgendwann da. Während Mario wohl gerade seine Ehe ruinierte, ging Pohl zum Türsteher, der erkannte ihn und winkte ihn an der Schlange von Wartenden vorbei, die offensichtlich kaum eine Chance hatten, noch reinzukommen.

An der Kasse wurde er gebeten, sich kurz zu gedulden. Der Mann hinter dem Tresen holte ein Funkgerät hervor, sprach etwas Unverständliches hinein. Nach zwei Minuten wurde Pohl von einer kleingewachsenen Bedienung mit schwarzem Top und karmesinrotem, transparentem Blazer abgeholt und über die Haupttreppe in die Lounge geführt. Unten kamen sie kaum voran, so dicht drängten sich die Feiernden zusammen. Die Frau ging vor, schob sich energisch durch die ungleichmäßig zuckende Masse und wartete, bis Pohl aufgeschlossen hatte. An der Ecke des Raumes zog sie ein eingehaktes Seil zurück und zeigte mit offener Hand einladend auf einen weißen Ledersessel im VIP-Bereich. Pohl setzte sich, bestellte einen Vodka-Cranberry und verschränkte die Arme vor seiner Brust. Der Bereich war leer, abgesehen von einem Pärchen, das offenbar unter sich bleiben wollte. Pohl wartete ab, und als dieselbe Bedienung den Drink brachte, gab er ihr großzügig Trinkgeld.

Oben auf seinem Pult bewegte sich der DJ im Takt seiner Musik, einer Mischung aus Trance, House, Neunzigern und ganz Exotischem, einmal kam eine Electro-Version von Kalinka mit unangenehm hohen und zerschnittenen Frauenstimmen. Bei einigen der Stücke bekam Pohl Lust zu tanzen, ging den Rhythmus mit dem Fuß mit, konnte sich aber nicht durchringen, in die Menge zu gehen. Die unzähligen in die Luft gehobenen Arme kamen ihm vor wie ein Teppich gleichmäßig wogender Algen irgendwo in einer lichtschluckenden Tiefe. Er sog am Strohhalm, schwenkte das Glas, sodass die Eisstücke aneinander stießen. Sein Blick ruhelos und müde. Er klopfte sich über das Jackett, um irgendetwas zu tun.

Schließlich kam Falco. An der schönen blauen Donau; dann das telefonische Piepsen aus den Achtzigern. Das zog ihn ein wenig hoch. Wenn das nicht der richtige Moment war, dachte Pohl, würde wohl keiner mehr kommen.

Sofort bildet sich auf der Tanzfläche eine Traube um ihn, zögerlich hebt er erst das eine, dann das andere Bein, schiebt die Hüfte vor, seine Hände ballen sich zu Fäusten, *Stella sitzt in Rio, Stella liegt in Tokio* – er muss sich zwingen, den Takt zu halten. Die Umstehenden tanzen ihn an, eine Frau versetzt ihren Oberkörper in schlangenähnliche Bewegungen, zwei andere, offenbar ihre Freundinnen, applaudieren. Auch dem DJ entgeht sein prominenter Tänzer nicht – Pohl hat den Eindruck, was er da abliefert, muss sicher unglaublich hölzern und unbeholfen wirken. *Two, one, zero. Der Alarm ist rot.* Die akzentuierte, selbstsichere Stimme. Der Chor im Refrain. Pohl wird durchhalten müssen, er kann jetzt nicht mitten im Lied einfach von der Tanzfläche verschwinden. *Ein junger Bogart hängt dir an den Lippen.* So schwer kann es doch nicht sein, er hat schon oft darauf getanzt. Pohl gerät aus dem Rhythmus, muss warten, am Anfang des nächsten Taktes einsetzen, die Umstehenden reagieren nicht darauf. *Womit spielen kleine Mädchen.* Er versucht sich zu entspannen. Denkt an irgendetwas, an die schmutzigen, feuchten Pflastersteine am Monbijouplatz, an den gesprungenen Zwicker, von dem ihm erzählt wurde. Schweißtropfen laufen ihm den Rücken herunter. Quält sich weiter durch das Lied. *Hello – oh ohoh. Vienna Calling.* Wenn die BILD wüsste, damals ... Die Frau gegenüber versucht, ihn am Jackett zu packen. *Nana nanananana.* Energisch schiebt er ihre Hand weg, das macht offensichtlich Eindruck. Klarinettensolo. Pohl tritt gegen eine Glasscherbe, die ihm vorher gar nicht aufgefallen war. Ist doch eine Klarinette? Jemand filmt die Szenerie mit dem Handy. Was für ein Vollidiot er doch ist, denkt er. So oft kann sich dieser Refrain doch nicht mehr wiederholen! Noch eine Loop, eine weitere, dann endlich das Fadeout, Bewegung runterfahren. Pohl bekommt Applaus, während die verhallende Melodie nahtlos ins nächste Lied übergeht, wieder etwas aus den Achtzigern, der DJ will ihn bei Laune halten. Aber Pohl geht.

Am Separee angekommen ordert er einen weiteren Drink bei der Bedienung, den sie ihm sofort bringt.

– Mensch, Sie tanzen ja fast so ausgelassen wie Ihr Kollege Heller!

– War der auch hier, ja?

– Ja, neulich erst. Hat die ganze Nacht durchgetanzt. Aber nicht beim Publikum, sondern hier oben. Hätte nie gedacht, dass Sie sich so unter die Leute mischen.

Und sie lachte ein glucksendes Kinderlachen.

# 4

Im Taxi. Als Pohl auf sein Handy schaute, zeigte es vier verpasste Anrufe von Mario an. Er versuchte, ihn zurückzurufen, aber immer brach die Verbindung mit einem kurzen Fiepen ab. Pohl wusste, es würde ein langer Nachhauseweg werden. Das sanfte Vibrieren des Wagens machte seine Gedanken zunehmend bleiern. Zum Glück hatte der Fahrer das Radio ausgeschaltet und redete nicht. Pohl wehrte sich nicht gegen den Schlaf, der, wie es ihm schien, aus der Bauchgegend hervorquoll und in alle seine Glieder floss. In einem Augenblick massierte er sich mit der Linken noch den Hals, dessen Sehnen unangenehm angespannt waren, weil Pohl den Kopf an die rechte Windschutzscheibe gelehnt hielt. Dann aber fand er sich in seiner Stadtwohnung wieder. Tanja, wusste er, würde gleich klingeln und wieder einmal darauf bestehen, die Pizzen selbst zu zahlen. Pohl blinzelte ein paar Mal und sah, dass sie bereits aus der Stadt heraus und auf einer Landstraße waren. Der Wagen fuhr eine endlos lange Rechtskurve. Die roten Pfeile auf den Richtungstafeln tauchten in seinem Blickfeld auf und verschwanden wieder. Er entriegelte die Tastensperre seines Handys und versuchte erneut, seinen Freund zu erreichen. Diesmal bekam er das Freizeichen, doch niemand hob ab. Im nächsten Augenblick stand er vor einer hohen Brücke mit kyrillischen Warnschildern, die er nicht entziffern konnte. Oben in den Aufbauten leuchtete ihm ein menschliches Gesicht entgegen. Von irgendwoher nahm er die Überzeugung, dass es sein Freund sein musste. Er rief ihm etwas zu, aus vollen Lungen, aber der Höhenunterschied war zu groß. Schwarze Algen, dann hielt das Taxi und der Fahrer, der einen extrem hohen Preis verlangte, kam Pohl so vor, als hätte er ihn noch nie gesehen. Er zahlte, stieg aus dem Wagen aus und musste sich fast wie ein alter Mann am Dach festhalten, während er die ersten beiden Schritte ging, weil er kein Gleichgewicht fand. Jetzt bemerkte er, dass er dem Fahrer eine falsche Hausnummer genannt hatte, denn der hatte ihn nicht vor seinem Haus, sondern etwa hundert Meter weiter abgesetzt. Pohl sah auf das Haus, dachte an die Konfrontation, die ihm bevorstände, zum Glück aber alles erst nach ein paar Stunden Schlaf.

Aus der Ferne sah er, wie die Haustür geöffnet wurde. Ein auffälliger, platinblonder Mann in weißem Nadelstreifenanzug trat heraus, durchquerte mit zügigen Schritten den Vorgarten und ging auf die Straße. Pohl spürte einen brennenden Stich im Magen, verharrte reglos ein paar Sekunden, dann rannte er los, versuchte, den Mann zu verfolgen. Doch der beschleunigte ebenfalls seinen Schritt, ohne dabei wirklich zu rennen oder gehetzt zu wirken. Schließlich war er um die Straßenecke gebogen, noch ehe Pohl ihm hätte näherkommen können, und als Pohl die Kreuzung erreichte, war weit und breit nichts mehr von dem Mann zu sehen.

Pohls Handy vibrierte und leuchtete grün.

# *Das Schweigen der Libelle im Winter*

Noch in vollem Lauf wickelte er die rote Plastiktüte um sich selbst und drückte sie fest an sich. Einer der beiden Henkel war abgerissen und die Tüte hatte sich schlagartig aufgebläht, sodass sie ihm beinahe aus der Hand geweht worden wäre – jetzt aber spürte er die viereckige Fläche in der Seite, deren Kanten durch seine Kleidung, und er war euphorisiert beim Gedanken, was geschehen würde, sobald er daheim angekommen wäre. Für den Augenblick, er schaute sich um, konnte er erst einmal durchatmen. Wie einer, der aus einem Traum aufwacht, fand er sich in seiner alltäglichen Umgebung wieder.

Die Stadt hüllte ihren Beton in längliche Schatten, gleich würde man die Laternen anschalten. Wie immer drückten sich zahllose Automobile über die Fahrspuren, bunte Käfer mit metallischen Panzern, und die Logik des Schwarms zwischen ihren scheinbar wirren Begegnungen. An den Ecken Würstchenverkäufer, Straßenmusiker, Aktivisten und Zeitungsvertreter, das Übliche, auch die beiden Schreier fehlten nicht, die täglich auf und ab gingen und ihre drogenumwölkten Parolen skandierten. Die anderen, die hier vorübergingen, machten Feierabend und drängten zu den Haltestellen, einige trieben sich noch in den Straßen herum, und eigentlich war er selbst ja nicht anders; ein Herumtreiber, ein Unruhiger, immer Ausschau haltend nach seinem Ziel. Und sein Ziel hatte er vorhin gefunden.

Trotz seines Alters, dachte er, war er doch noch ein ganz brauchbarer Sprinter. Die Einsicht beruhigte ihn jedes Mal aufs Neue, denn insgeheim fürchtete er den Moment, an dem diese oder jene Schwäche, ein normalerweise unbedeutendes Ziehen im Knie zum Beispiel, seine Streifzüge unmöglich machen würde. Er hatte die Jahre über Routine gesammelt, sicher, aber wenn er sich nicht mehr hundertprozentig auf seinen Körper verlassen könnte, dann würde es ein für alle Mal damit vorbei sein, und es gäbe für ihn keine Glücksfunde mehr, auf die er sonst niemals gestoßen wäre, kein zweites *Schweigen der Libelle im Winter*. Heute noch musste er darüber lachen, wie unglaublich kitschig dieser Titel klang, wie enttäuscht er war, als er damals die Tüte aufgemacht, die geschmacklos arrangierte Illustration gesehen hatte. Seine Überraschung war grenzenlos. In der Uni hatte er es später den Studenten gezeigt und damit einen kleinen Trend kreiert, alle hatten es sich gekauft – seither wartete er darauf, dass sich so etwas wiederholt.

Er war am S-Bahnhof angekommen. Die oberste Regel für ihn war, nicht schon auf der Fahrt nachzusehen. Es war jedes Mal ein intimer Moment, er wollte keine Menschen dabei haben, die erste Empfindung in aller Stille auskosten, obwohl es ihn so drängte. Die Verzögerung der Lust trug natürlich auch ihren Teil dazu bei, den Eindruck später noch intensiver zu gestalten. Früher hatte er Scham darüber empfunden, aber das hatte nachgelassen, schließlich verhielt er sich doch sonst in jeder Hinsicht tadellos, ein braver Intellektueller, der sich durch die akademische Laufbahn hindurchgearbeitet hatte, bis hin zum Titel eines Prof. Dr. Phil. Die Studenten mochten ihn, er bewertete sie niemals nach Sympathie, widmete jeder Abschlussarbeit die gleiche Sorgfalt, auch wenn sie ihn nicht im Mindesten interessierte. Wer sollte ihn also verurteilen, wenn er gelegentlich ... es geschah ja nicht oft, durfte nicht zu oft geschehen, einmal im Monat, an verschiedenen Orten, meist wusste er morgens nach dem Aufwachen, wenn ein solcher Tag gekommen war.

*Das Schweigen der Libelle im Winter* – aber so schrieben und titelten die Südamerikaner nun einmal, vorher hatte ihn diese etwas aufdringliche Blumigkeit der Titel davon abgehalten, sich solche Bücher zu kaufen. Klar, *Hundert Jahre Einsamkeit* hatte jeder gelesen, aber das ist etwas anderes. Jetzt hatte er dank der Libelle eine kleine Bibliothek der Südamerikaner bei sich zuhause stehen, und so war es ihm oft gegangen, weniger ausufernd als bei diesem Buch, das eine oder andere Interesse hatte sich dank dieser Streifzüge entwickelt. Manchmal hatte er erst einen Zugang finden müssen, das konnte dauern und dauern, und manchmal steckte in der Tüte einfach nur Schund, doch die goldene Regel war, nicht zu früh aufzugeben, auch das schlechteste Buch konnte man je nach Inhalt einer Bücherei oder einer gemeinnützigen Organisation spenden, oder aber bei Amazon verkaufen.

Die Luft in der Bahn war schwer und dumpf, es roch nach Parfüm und ungewaschenen Haaren. Neben ihm schnatterten zwei junge Mädchen über ihren Ausbildungsleiter. Er war kein Kulturpessimist wie so viele seiner Kollegen, konnte nicht verstehen, warum sie die Zustände, ob philosophisch oder gesellschaftlich, so unhaltbar fanden. Insgeheim dachte er, dass das bei weitem Interessanteste an diesen pessimistischen Professoren deren heimliche Rechtschreibfehler waren, ausgebügelt von wissenschaftlichen Mitarbeitern und lektorierenden Praktikanten, aber während der Vorlesungen an der Tafel offenbart und dann zurückgelassen, bis er in den Hörsaal kam. Er für seinen Teil mochte die Universität, die Arbeit mit den jungen Menschen erfüllte ihn und aus der Stadt hätte er sich nicht mehr wegdenken können, es war ihm niemals die Idee gekommen, auf ein Landhaus irgendwo in der Pampa zu sparen. Ja, das Lehrangebot ödete ihn ein wenig an. Die Studenten wollten immer dasselbe, das war aber seit er angefangen hatte so, Jahrgang um Jahrgang Goethe, Heine und Mann, nie etwas Neues; und wenn er doch einmal etwas gewagt hatte, waren die Sitze leer geblieben.

Die Südamerikaner hatten ihm Abwechslung geboten, die er zuvor nicht kannte. Er hatte sich von seinen Funden in den roten Tüten – es waren fast immer rote Tüten, er erkannte sie sofort – inspirieren, schockieren und langweilen lassen, aber er hatte etwas gefunden, was ihm vor Jahren schon abhandengekommen war. Natürlich ging er auch in Buchhandlungen und deckte sich mit neuen Büchern ein, immer wusste er genau, was er kaufen würde, er hatte die Rezensionen vorher in einer Zeitschrift gelesen oder sich eine Empfehlung von einem Freund oder Kollegen geben lassen. Die Buchhändler – meist eine Buchhändlerin – zu fragen, brachte nichts. Er kannte ihre Geschmäcker fast so gut wie seinen eigenen. Es half auch nichts, in einen anderen Laden zu gehen, dort holten die gleichen Verkäufer die gleichen Bücher; er hatte sogar versucht, ein Spiel daraus zu machen, ein Experiment, denn er war der Meinung, es ihnen an der Nasenspitze ansehen zu können, wie die Empfehlungen ausfallen würden, so vage, wie seine Anfrage auch sein mochte, die er absichtlich so stellte. Jemand, der in einen Buchladen geht und sagt, er wünsche ein Buch.

Wenn er in den Straßen nach einer roten Tüte spähte, achtete er immer auf die Person, die sie trug. Senioren bestahl er nur sehr selten, was nicht allein am schlechten Gewissen lag, sondern auch an mangelndem Interesse. Mit dem Auge eines Kenners achtete er auf Kleidung, Schmuck, auf den Gang der Person, auf die Größe der Tüte, je nachdem, wonach ihm der Sinn stand; und wenn er erst einmal eine ausgespäht hatte, ging alles ganz schnell, die meisten Hände öffneten sich instinktiv, wenn man an der Tüte riss, und wenn sie das nicht taten, gaben die Plastikhenkel nach. Es war beinahe lächerlich einfach und niemand rief die Polizei wegen ein paar Büchern. Zumindest hatte er seit den zehn Jahren, in denen er auf seine Streifzüge ging, nie ein Problem mit dem Gesetz bekommen.

Natürlich konnte er sich auch irren, oder die Bestohlenen hatten nur Geschenke für andere gekauft, es waren nicht selten Kinderbücher oder Lebensratgeber dabei, die trotz seiner Vorsätze ungelesen gespendet wurden. Manchmal musste er beim Öffnen der Tüten lachen, manchmal war er schockiert, manchmal schämte er sich darüber, sich so intime Einblicke in das Leben eines Fremden zu verschaffen, denn darum ging es ihm ja nicht, er war kein Voyeur, sondern Entdecker.

Als er an seiner Station in den Außenbezirken angekommen war und aus der Bahn stieg, wurde seine Neugier fast unerträglich, die Konturen des Buchs brannten durch seinen Mantel auf seiner Haut. Er versuchte, sich zu beruhigen, als er durch die friedlichen Alleen ging, heftete seinen Blick auf einen Punkt seiner Umgebung, einen Baum oder ein Fenster. Es fuhren fast keine Autos vorbei. Wieso sollte er sich überhaupt aufregen, fragte er sich. Auf einen Cortàzar kam fünfmal Thomas Mann und fünfzigmal Tolkien. Höchstwahrscheinlich würde es keine zweite Libelle für ihn geben, die er auf diese Weise entdeckt hatte, nachdem ihm vor zehn Jahren – er war betrunken gewesen – diese Idee gekommen war. Sein erster Diebstahl war eine völlige Enttäuschung gewesen, aber irgendwas hatte ihn gereizt, er hatte es wieder versucht und immer wieder, und insgeheim war er davon überzeugt, dass genau das sein Geheimnis war, warum er sich so viel glücklicher fühlte als seine Kollegen.

Als er die Haustür aufschloss und das Treppenhaus hochstieg, kam ihm der Weg unendlich lang vor. Er wusste nicht, warum er sich gerade jetzt, in diesem Moment alt fühlte. Er sah auf die Klingelschilder mit den ausländischen Namen, die meisten seiner Nachbarn waren Familien und nicht so privilegiert wie er, sich eine solche Wohnung allein mieten zu können. Auf seiner Etage angekommen musste er durchatmen, und als er in sein Wohnzimmer kam, den Mantel auf das Sofa warf, legte er die Tüte zunächst weg, um sich in der Küche ein Glas Eistee einzugießen.

So viel Zeit musste sein, man durfte nicht allzu närrisch werden nur wegen einer roten Tüte. Ob ihn das vielleicht doch irgendwann den Job kosten würde, fragte er sich, aber er wischte den Gedanken beiseite, als er das kühle Getränk herunterspülte. Es ging einfach nicht anders, er musste daran glauben, dass so etwas wie *Das Schweigen der Libelle im Winter* nochmal geschieht. Ein Buch, das sein Leben verändern würde, so etwas musste es doch noch geben, sogar für einen Literaturwissenschaftler. Gerade für einen Literaturwissenschaftler. Und wenn es sein Leben nicht verändern würde, so sollte es ihn zumindest einige Stunden sprachlos machen oder dafür sorgen, sich lebendig zu fühlen. Eine Droge sollte es sein für ihn oder eine Axt. Etwas, das ihn davon ablenken würde, morgen wieder im Audimax zu stehen. Davon, dass die Studenten nichts anderes wollten als Goethe und Schiller, Foucault liebten und Luhmann nicht verstanden.

Er wollte langsam wieder zurück ins Wohnzimmer gehen, aber er konnte sich nicht beherrschen, er hastete hinüber, griff nach der Tüte. Gleich würde es geschehen, er würde das Buch rausnehmen, den Titel begutachten, mit den Fingern über den Buchrücken streichen, vielleicht sogar daran riechen, eben alles auskosten, was ein Buch an Sinnlichkeit bieten konnte. Dann würde er es aufschlagen, versuchen, seinen ersten Eindrücken nicht zu sehr zu vertrauen, und sich Seite um Seite heranblättern an eines jener vielen kleinen Urteile, und jedes Urteil galt fast mehr ihm selbst als dem Buch. Dann würde er sich beruhigen, ein weiteres Glas Eistee trinken und versuchen, nicht an das Schicksal zu glauben.

# *Nacht auf die Handfläche*

*Небо уронит*
*Ночь на ладони*
*- t.A.T.u*

Gitter, sagte Mischa, überall haben sie Gitter hochgezogen, unseretwegen. Kannst du dir das vorstellen? Er lehnte sich an den Türrahmen der kleinen Küche, zündete sich eine neue Zigarette an. Dabei sind wir die einzigen, die da durchkommen. Gerade wir! Wenn's dort mal brennt, ёб твою мать! Da verrecken die Leute, weil sie nicht aufs Dach können oder sowas. Nur, weil sie Angst vor uns haben.

Anja stand neben ihm, sah sich auf die violett lackierten Nägel. Oder die Bullen, sagte sie, die Bullen, was tun die bitteschön? Diese jämmerlichen Versuche, uns zu erwischen! Haben die denn nichts Besseres zu tun?, und sie strich ihr Haar zurück. Solln sie doch Bombenleger jagen oder so 'ne Scheiße.

Oft wurden sie gefragt, wann und warum sie überhaupt damit angefangen hatten. Vor zweieinhalb Jahren bald und das Warum könne man nicht so recht in Worte fassen, zumindest nicht in klare, verständliche. Berühmt geworden waren sie, weil sie als erstes das Peterdenkmal hochgestiegen waren, gegenüber dem Kreml, und es gefilmt hatten, Anja sogar in Wollhandschuhen, aber dafür auf guten Sohlen, wie sie sagte.

Wieso denn der Peter, hatte sich einmal ein Reporter erkundigt, dem das Befremden ins Gesicht geschrieben stand, hat das etwa irgendeine – symbolische Bedeutung? Nein, hatte Yuriy belustigt geantwortet und aus irgendeinem Grund Anja angelächelt, bevor er geantwortet hatte. Wir wollten erst den Kreml hoch, aber Putin steigt man nicht einfach so aufs Dach. Der Reporter hatte danach überlegt, ob das beleidigend gemeint sein könnte, und hatte es in seinem Artikel, der immerhin in drei Zeitungen abgedruckt worden war, nicht erwähnt. Und ob sie denn überhaupt keine Angst hätten, какое сумасшествие – nein, haben wir wirklich nicht, immer dieselbe Frage, Vorsicht und Angst sind zwei grundverschiedene Dinge; das hatte auch Mischa gesagt, als Yuriy und Anja noch nicht dabei gewesen waren und sie ihn das Gleiche gefragt hatten.

Jetzt also warteten die drei in der Küche von Yuriys und Anjas Wohnung; sie waren früh dran, noch mussten sie nicht los, der Flug – Anja sah noch einmal auf die Tickets – ging erst in ein paar Stunden. Die Wohnung war frisch renoviert, Yuriy hatte sich nach Feierabend an die Arbeit gemacht, aber das meiste hatte sie gestrichen, weinrot und schwarz das Schlafzimmer, die ganze Wohnung roch noch nach Farbe. Hast du die Schminke, Yuriy? Ja, die habe er natürlich, sonst hätte das alles ja keinen Reiz. Nacht oder schlechtes Wetter, sagte Yuriy, anders geht das ja nicht mehr, interessiert keine Sau. Lassen wir die andern auf irgendwelchen nassen Blechen ausrutschen, wir nehmen die Nacht.

In so einer Stadt würde man taub, hatte Anjas Bruder ihr damals gesagt, als er erfahren hatte, dass sie ohne Sicherung auf Hochhäuser und Denkmäler stieg; an den Streit mit ihren Eltern wollte sie sich nicht mehr erinnern, es war gut, dass sie zu Yuriy gezogen war. Beide mussten sie arbeiten, aber das war es wert, на самом деле.

Mischa war der Älteste von den dreien, der Umhergeher, der mal hier, mal dort übernachtete und der durch die Moskauer Straßen glitt wie ein Luftzug, Mischa, der Bärtige mit den AC/DC-Shirts und den vielen Freundinnen, die seine Videos sahen und sich besonders vorkamen, wenn sie mit ihm sprachen.

Anja und Yuriy hatten sich erst seit kurzem gekannt, als sie damals auf ihn gestoßen waren, in einer Bar, sie alle zu viel getrunken hatten, und Mischa ihnen vom Freeclimbing erzählte, ihr müsst euch das vorstellen! Vor euch hundertfünfzig Meter Tiefe, nichts als Tiefe und der Wind weht euch um den Schädel. Es ist ein Rausch, ein Ziehen, aber ein exquisites. Euer Hirn arbeitet auf Hochtouren, immer schauen, wo der nächste Halt ist, alles, was ihr macht, zählt. Nicht so wie unten auf dem Boden – und was mit euch passiert, hat niemand anderes in der Hand, друзья. Nur ihr selbst. Scheiße, das ist unbeschreiblich, die Luft um euch beginnt zu zittern, euer gesamter Körper badet in Elektrizität, und wenn ihr erst mal oben seid, und die ganze verdammte Stadt windet sich zuckend und blinkend unter euren Füßen. Dann fühlt ihr euch irgendwie ... vollendet. Bei Stalins haarigen Eiern – dann seid ihr Künstler, versteht ihr das? Und da waren sie rausgegangen, das Laternenlicht umzüngelte die Schatten auf den Straßenpflastern, aber oben, an den Dächern, war es dunkel. Ich wünschte, wir könnten mit der Dunkelheit verschmelzen, sagte Anja, sentimental und mit schwerer Zunge. Und Yuriy: Dann verschmelzen wir eben, und er suchte sich eine Haustür mit Codekonsole, klingelte überall. Was denn sei, fragte eine belegte Frauenstimme, und Yuriy stellte sich besoffen, lallte in die Sprechanlage, ich wohne, gnädige Frau, erst seit kurzem hier und habe den Code vergessen, es tut mir sehrsehr leid, sie deswegen aus dem Bett zu holen, aber könnten sie...? К чёрту! Also sechs, sechs, vier, drei. Wiederholen Sie! Aber Yuriy wiederholte nicht, sondern begann sofort zu tippen, Anja kicherte hinter ihm und sie stiegen die Treppen ganz hoch. Zur Mitte hin war das Dach abgeschrägt, aber an den Seiten befand sich ein ebener, etwa schulterbreiter Vorsprung.

Die Nacht war ziemlich kühl, doch die beiden scherten sich nicht darum, Yuriy, das ist ja verrückt, ich habe noch nie sowas gemacht; ich auch nicht, was tun wir denn jetzt hier oben? Und eine Zeitlang taten sie gar nichts, dann kletterte Yuriy mit ihr an der Hand über die Dachseite, bis sie zu einer rechteckigen, ausreichend großen Metallfläche kamen, wo sie sich an die Kante setzen konnten, sieh doch mal, die Straße unter uns, und sie ließen die Beine in die Tiefe baumeln, hoch über den Leuchtadern der Metropole. Dann zog er sie zu sich, mischte seinen Atem mit ihrem und durch ihre Kleider hindurch spürten sie die Wärme des anderen, Yuriy hielt sie bei der Taille gepackt, während sich ihre Finger in sein Haar vergruben. Salz legte sich auf ihre Zungen. Bald wurden ihre Hände ungeduldiger in der Suche, Anjas Wangen begannen zu glühen. Mit ihren Küssen nahmen sie sich gegenseitig die Luft, nicht lange und ihre Körper krallten sich ineinander fest, bis Anjas Schreie an der Nachtstille kratzten, halbschräg über dem Nichts. Gierig sog sie den Zimtgeruch ein, den Yuriys Hals verströmte, und Yuriy trank sich satt daran, wie sich ihre Augen vor Lust nach innen drehten, wie sie mit dem Mund ins Leere schnappte. Die lückenlose Reihe ihrer Schneidezähne, so kam es Yuriy vor, verlieh ihr beinahe etwas Tierhaftes. Doch der Gedanke, wie alle Gedanken, zerlief in den Spielarten ihrer Berührungen. Nur noch Pulsschlag und huschendes Blut.

Als sie zur Ruhe kamen, blieben sie eng umschlungen nebeneinander auf der Dachkante liegen, den Abgrund im Rücken, und flüsterten sich Zärtlichkeiten ins Ohr. Ночь на ладони, murmelte Anja, der Himmel gießt die Nacht auf unsere Handflächen aus. Eine schamlose kalte Brise beleckte sie, aber sie nahmen es kaum wahr. Ночь на ладони, das war aus einem Lied, damals, als sie noch Kinder gewesen waren, und auch in dieser Nacht waren sie nichts anderes gewesen, wie Yuriy inzwischen fand.

Anja war in seinem Leben geblieben, genauso wie das Klettern, nur einmal hatte er es bei einem Verein versucht, einer hatte ihn gesichert, die Wand war in eineinhalb Minuten ‚bezwungen' gewesen und Yuriy war nie wieder hingegangen. Stattdessen hatten sie nach Mischa gesucht und um seine Freundschaft geworben, es war schwierig, aber Mischas Zuneigung für die beiden Jüngeren wurde dafür später umso inniger.

Jetzt kletterten sie regelmäßig zu dritt, und als Mischa sie gefragt hatte, ob sie mitkommen würden, hatten sie sofort die Flugtickets gebucht. In der Nähe von Wladiwostok war eine neue Brücke eröffnet worden, die Träger über dreihundert Meter hoch. Zwei andere Climber hatten sie genommen, mit den obligatorischen Kameras um die Stirn waren sie bis ganz nach oben gestiegen. Das war krasser als der Peter neben dem Kreml, der immerhin höher war als die Statue of Liberty, und das Trio musste darauf antworten, конечно; also wollten sie bei Nacht gehen, die Brücke war ausreichend beleuchtet, sodass etwas aus dem Video würde, und für den Effekt wollten sie phosphoreszierende Schminke auftragen, Voodoo-Optik. Hunderttausende hatten sich ihre YouTube-Videos angesehen und über likes und dislikes in den Kommentaren gestritten, das war ein Fenster zur Welt in dieser Stadt, die taub machte; in der Yuriy Lkws beladen, Anja an einer der unzähligen Kassen im Einkaufszentrum stehen musste und durch die Vitrine auf den Springbrunnen im Korridor starrte. Das Klettern hatte nichts mit Symbolismus zu tun, wie die drei immer wieder klarstellen mussten, was der Reporter ja nicht erwähnt hatte, trotzdem wurden ihre Aktionen herauf- und heruntergedeutet, mal in diese, mal in jene Richtung und keine dieser Richtungen mochte den dreien so recht gefallen. Trotzdem war es die Sache allemal wert, dafür sauteuere Flugtickets zu kaufen, sich frei zu nehmen und quer über das Land zu fliegen.

Also riefen sie ein Taxi – und, wohin soll der Flieger denn gehen? Urlaub! Ой, как хорошо! – und der Taxifahrer beneidete sie aufrichtig, sodass sie gutes Trinkgeld würden geben müssen. Plötzlich schoss ihnen etwas Dunkelrotes entgegen, ließ Glas splittern, verbiss sich hinten rechts von der Seite aus ins Metall. Das Taxi drehte sich um zweihundertsiebzig Grad und blieb stehen. Блядь! fluchten der Taxifahrer und Mischa gleichzeitig, dann sah Mischa nach hinten, sind auch alle okay? Yuriy hob wortlos die Hand, er hatte auf der anderen Seite gesessen, und auch Anja nickte, zum Glück ist's ja hinter mir eingeschlagen, aber in Wahrheit tat ihr der Fuß weh.

Es war ein Unfall gewesen wie jeder andere auch, der Fahrer des Roten musste abtransportiert werden und seine Schuld war so offensichtlich, dass niemand mehr Fragen stellen musste.

Du kannst so nicht klettern! Anja hatte selten so viel Nachdruck in der Stimme ihres Freundes gehört. Hinter ihnen rasselten die Lettern der Anzeigetafel herunter, ein Flug nach Kiew wurde ausgerufen. Aber ich – doch Yuriy ließ kein Aber gelten, und Anja erkannte, dass es die Sorge eines Ehemannes war, die ihn bewegte; einzig und allein deshalb gab sie nach.

Mischa stand die Ungeduld ins Gesicht geschrieben, er drückte seinen kleinen Rollkoffer ständig oben am Ausziehgriff von sich weg, nur um ihn dann wieder zu sich zu ziehen. Aus der Diskussion zwischen den beiden wollte er sich heraushalten. Aber wenn ich nicht dabei bin, hätte ich Angst um dich, зайчик, und Mischa erkannte sofort, worauf das hinauslaufen würde, weshalb er Anja die Hand auf die Schulter legte und ihr sagte, Yuriy wisse schon auf sich aufzupassen. Aber Yuriy: Wenn sie nicht mitkommt, bleibe ich auch hier, und schon schien es beschlossene Sache, jetzt, wo das Check-in gleich vorbei sein würde. Komm schon, Yuriy, ich brauche eine zweite Cam, sonst sieht uns niemand auf dem Video, nur die Gestänge und die Tiefe, das ist doch Mist, und das Geld für die Tickets kriegen wir nie zurück, ни-ког-да.

Das gab Yuriy zu denken, sein Freund brauchte ihn, genauso wie Anja, und von hinten die erneute Durchsage zum Check-in; na, was ist, Alter, Mann, Nacht auf die Handfläche; und Anja sah ihn böse an, weil er ihr den Vers geklaut hatte. Yuriy wusste, dass es nachher vorbei sein würde, entweder mit Anja oder eben mit Mischa, und er wog ab, bis er schließlich Anjas Augen suchte.

Mischa, der verstanden hatte, geriet regelrecht in Rage, wie du willst, du kleiner Affenschiss, иди на хуй!, ich kick dich so aus der Szene raus, dass du dir wünschen würdest, niemals das verdammte Gitter deines Babybetts hinaufgekrabbelt zu sein, und Mischa drehte sich um, ging einchecken. Yuriy spürte, wie er das verloren hatte, was ihm bislang wie Freiheit vorgekommen war, den Rausch und das Ziehen, und Anja spürte, dass er es spürte, deswegen wagte sie nicht, ihrem Freund in die Augen zu sehen. Er, wütend auf Anjas Fuß und den Fahrer des Roten, glotzte in Richtung Gate, wo die Polizisten die Passagiere filzten, alle möglichen und unmöglichen Menschen, eine nicht enden wollende Schlange, innerhalb derer Mischa nicht viel mehr war als jener winzige Luftzug, und nachdem er durch war, hatten ihn die Kontrolleure schon wieder vergessen.

Anja und Yuriy, noch immer schweigend, kauften und teilten sich ein Bier, und erst, als die Anzeigetafel rasselnd meldete, dass das Flugzeug abgehoben war, legte Anja scheu die Hand auf seinen Oberschenkel, und er legte seine Hand auf ihre. Sie wusste, sie hatten sich heute gegenseitig etwas preisgegeben, das die Dinge ändern, ernster machen würde. Unten, im Schlagschatten der endlosen Betonquader ihrer Moskauer Heimat.

# *Tamburello*

Sie hätten es wissen müssen. Spätestens, als sein junger Landsmann gestern abgehoben und in die Reifen gekracht war, hätten sie wissen müssen, dass so etwas passieren würde. Die Fahrzeuge waren viel zu unsicher, darüber war sich jeder im Klaren, die verschraubten Stellen, die bei einem Aufprall barsten, und aus denen sich messerscharfe Splitter herausschlugen, die schlecht befestigten Teile, die brechen und den Piloten durchbohren konnten, das ungeschützte Genick, das hin und her schlug – das alles war kein Geheimnis gewesen. Er selbst hatte es ja immer wieder betont. Gestern war es gut ausgegangen, der Junge war aus dem Wagen geholt worden, und bis auf einen gebrochenen Arm, ein blaues Gesicht und den Schreck, der ihm darin geschrieben stand, war nichts passiert. Er selbst war die zwei Meter hohe Krankenhausmauer hochgeklettert, um sich zu vergewissern, hatte noch versucht, mit dem Jungen zu reden und danach die Presseleute abgefertigt, um ihm wenigstens ein bisschen Zeit zum Durchatmen zu verschaffen.

Das alles war gestern; heute Mittag jedoch – sein Magen verkrampfte, wenn er an heute Mittag dachte. Er hatte sofort Helm und Haube abgenommen, als er es auf den Monitoren sah, wieder ein Unfall, ein schwerer, der zerstörte Wagen mitten auf der Strecke, der unnatürlich herabhängende Kopf im weißroten Helm. Noch eine unendlich langsame Bewegung. Dann Stillstand. Sekunden später die Replay-Einblendung, wie der Wagen steuerlos auf den Beton zuschießt. Den Aufprall sieht man nicht direkt, nur die fliegenden Teile und das Wrack mit der brutal aufgerissenen Seite, das über Wiese, Asphalt und bis kurz vor den Kies schlittert. Oh Scheiße – der einzige Gedanke. Dreihundertzwanzig an der Stelle.

Er selbst kannte das Gefühl nur allzu gut, diesen Moment, in dem man erkannte, nur noch Teil einer kalten physikalischen Rechnung zu sein, die eigene Gesundheit als Variable; den Augenblick, in dem der Motor panisch aufheult, wie ein wundes Tier, und mit seiner Kraft ins Leere greift. Diesen Bruchteil einer Sekunde, wenn alles unwirklich ruhig ist und man selbst nur ein ganz fernes Rauschen hört, aufsehen will, aber weiß, dass man jetzt unbedingt geduckt bleiben muss, Hände vom Lenkrad, dann die Welle aus Schwärze. Er hatte es selbst mehr als einmal erlebt und gedacht, gleich ist alles vorbei. Aber was da über den Schirm lief, war anders, nicht wie sonst. Er hatte es sofort gesehen, die Haltung des Kopfes verriet es. Es musste das Genick gewesen sein, vielleicht zusammen mit dem Schädel. Die Männer, die aus dem weißen Jeep gestürmt kamen, gehörten nur noch zum Protokoll. Die ruhig und erfahren versuchten, das Herz wieder zum Schlagen zu bringen. Trotzdem starrte er fassungslos auf den Bildschirm, sah jedes Ausholen aus den Oberkörpern; und jeden neuen Stoß, den sie in den Brustkorb übertrugen, spürte er als brennenden Stich am eigenen Körper.

Der Lauf war natürlich abgebrochen worden, und beim Neustart hatten viele Fahrer die Box nicht verlassen. Er selbst war an dem Tag nicht mehr in seinen Wagen gestiegen und hatte sich stattdessen gleich zum Ort des Geschehens bringen lassen. Mit Reisigbesen hatten die Streckenposten die Fahrbahn gefegt. Später dann die Pressemitteilung, das blaue Hemd, das sich vor die Mikrofone stellte und Meldung machte, während es versuchte, die eigene Unsicherheit durch übertriebene Sachlichkeit zu verbergen. Die Reporter waren außer sich, er glaubte sie jetzt noch zu hören, jetzt in der Nacht, wo er auf seinem Bett saß, die Beine verschränkt, und mit den Fingern auf seinem Schienbein trommelte. Den ganzen Nachmittag hindurch hatte man ihm unbedingt ein Statement zu entlocken versucht, trotz des improvisierten Schildes an der Trailertür, das jeden Besucher ohne Wenn und Aber abwies.

Er hatte den Fahrer nicht gut gekannt, ein Neuling noch, der bis vor ein paar Stunden einer von vielen gewesen war. Der fremd klingende Name mit den vielen Rs, die Flagge, die er sich hatte bringen lassen und die nun neben ihm auf dem Bett lag. Er konnte den Blick von dem rotweißrot gestreiften Rechteck aus Stoff nicht abwenden. Später dann war ein Freund auf ihn zugekommen, der grauhaarige Rennarzt, der oft die Hand auf seinen Oberarm gelegt, ihn zur Vorsicht gemahnt und jetzt wahrscheinlich das letzte Ausseufzen dieses anderen mitbekommen hatte, das Aushauchen der Seele in den Schaumstoff des Helmes. Der stand nun vor ihm, sah ihn wie einen kleinen Jungen weinen und fragte, ob sie nicht zusammen angeln gehen sollten. Er wusste noch genau, wie sehr es ihn auf einmal gedrängt hatte, ja zu sagen und mit ihm zu gehen. Er sei der schnellste Mann auf der Welt und das ginge schon in Ordnung, hatte der Arzt gesagt, der wusste, wie gern er angelte.

Er selbst hatte in diesem Augenblick keine Ahnung gehabt, ob er morgen fahren würde, und er wusste es auch jetzt noch nicht. Er lehnte seinen Hinterkopf an die Wand. Natürlich war er nicht mitgegangen. Aber eigentlich wollte er nicht fahren, etwas in ihm sperrte sich dagegen, etwas bisher Unbekanntes, von dem er sich bis heute nicht einmal eine genaue Vorstellung gemacht hatte, wenn er den rechten Fuß bei strömendem Regen durchgedrückt oder in die engen Lücken gestochen hatte, so klein sie auch sein mochten. Das war jetzt anders, etwas Blauschwarzes in Kurve 6 bis 7 stand nun zwischen ihm und dem Weißblau seines Overalls. Etwas in ihm verbot ihm zu fahren, fast wie eine fremde Stimme, gewichtig und dabei tonlos. Er fuhr sich mit der Handfläche seitlich über den Hals, drückte mit seinen Fingern in den Nacken, um jeden einzelnen Wirbel zu spüren und auf dessen Stabilität zu prüfen. Der schnellste Mann der Welt. Vielleicht, aber es lief dieses Jahr schlecht, der neue Vertrag passte ihm nicht, der Wagen fuhr sich nicht gut, er brach aus, und wenn er dann in den Kurven ausbrechen sollte, dann gleich viel zu stark. Seine Mechaniker arbeiteten fieberhaft daran, aber die Erfolge musste er einfahren: Die Pole hatte er sich erkämpft, ja, aber direkt hinter ihm war dieser verflucht schnelle Newcomer, der Deutsche, der vor drei Jahren aus dem Nirgendwo aufgetaucht war und der jetzt so über die Piste flog, dass er sich fragte, ob dessen Team am Ende nicht doch betrog. Der Fahrer selbst war ihm sogar nicht unsympathisch, aber sie waren Rivalen, er gegen einen jungen hungrigen Menschen, der ganz sicher starten würde, weil er sich als Fahrer beweisen musste. Sein neuer Gegenspieler, von dem er sich fragte, wie dieser wohl die Ereignisse des Vormittags weggesteckt haben mochte. Irgendwie traute er auch ihm zu, einmal wegen so etwas Ähnlichem zu weinen. Aber vielleicht war er dafür jetzt noch zu jung.

Sein Nacken fing von den Berührungen an zu schmerzen. Das Team hatte beim Abendessen Gesichter gemacht, als wüssten sie jetzt schon, dass er nicht fahren würde. Die Fahrzeuge waren unsicher, dieser Gedanke verließ ihn nicht, und der beschissene Kleinwagen, hinter dem man nach Unfällen herschleichen musste, sorgte dafür, dass die Reifen auskühlten, bevor man wieder Gas geben konnte. Dabei waren früher, vor seiner Zeit, Männer gefahren, die sich vor Feuer noch wirklich hatten in Acht nehmen oder minutenlang eingeklemmt auf Hilfe warten müssen, weil es an allen Enden an Ausrüstungen fehlte. Und trotzdem waren sie damals gestartet. Er kannte das aber nur aus Geschichten, und er fragte sich jetzt, ob das wirklich ein Argument war, nicht lieber doch zu fahren. Vielleicht verließ ihn ja bereits jetzt der Kampfgeist. Vor ein paar Jahren hatte er in seinem Heimrennen fast Unmögliches geschafft, und war dann, als er im Ziel gewesen war, sich am Funk die Lunge wundgebrüllt und die Nationalflagge geschwenkt hatte, langsamer geworden, und als er geblinzelt hatte, stand plötzlich jemand vor ihm, der ihm den Helm abnahm und mit der flachen Hand an die Wange schlug. Seine Landsleute hatten gejubelt vor Glück. Und jetzt war er in einem anderen Team, auf einem anderen Erdteil und andere Menschen in Nadelstreifen oder weißblauen Schutzanzügen erwarteten Leistungen von ihm, die er bisher nicht gebracht hatte. Seine Landsleute sahen das aber nicht, sondern nur ihren Botschafter, gelbgrün behelmt und immer mit ihrer Flagge im Cockpit. Er war es, den sie sich ausgesucht hatten, ihnen den Weg zu zeigen, er, der sie ablenkte von Armut und Korruption, der ihnen die Freude bereitete, die ihnen ihr Boden nicht gab. Das zumindest würde sein Rivale, der Europäer, nie ganz verstehen können, dass ihn das Steuer von einem schüchternen jungen Mann zum Hoffnungsträger eines gesamten Landes verwandelt hatte. Manchmal machte es ihm beinahe Angst, er war wie ein Erlöser für sie. Ein Erlöser, der allerdings trotzdem alles hinschmeißen konnte, wenn er wollte.

Er streckte seine Füße auf dem Bett aus, es kam ihm vor, als hörte er ein ganz fernes Rauschen. Seine Gedanken gingen wirr und seine Glieder fühlten sich bleischwer an. Er sah auf das Schwarz hinter der Fensterscheibe, lange, ohne sich zu bewegen, schloss kurz die Augen, dann stand er auf, trank aus dem Wasserglas auf seinem Nachttisch, und ging durch die Zimmertür und durch die Lobby aus dem kleinen Hotel hinaus.

Der Weg zur Rennstrecke kam ihm sehr kurz vor, die Gebäude, als würden sie nicht hierher passen. Als er an die Piste kam, schien ihm auch die verändert. Er suchte die Box seines Teams, aber dort, wo sie sich befinden musste, türmte sich ein Logo mit zwei roten Stieren auf. Ein Dutzend blau angezogener Gestalten arbeitete an einem aufgebockten Wagen ohne Reifen. Auch der kam ihm merkwürdig vor, flacher, eckiger und irgendwie ernster als sein eigener, mit einer hässlichen, nach vorne hin abgesenkten Nase. Aber der Geruch nach Gummi und Öl war der gleiche, und das beruhigte ihn jetzt aus irgendeinem Grund. Er kam näher, eine der Gestalten sah ihn an, etwas in ihrem Gesicht, eine Ehrfurcht, die er sich nicht erklären konnte, und sein Gegenüber fragte ihn, ob er ihm helfen könne. Er hatte eigentlich nur nach seinem Team fragen wollen, doch zwischen ihm und dem Mann entwickelte sich nun ein längeres Gespräch, ohne dass er genau hätte sagen können, worüber sie eigentlich redeten, während draußen die Sonne ihre ersten Strahlen über Asphalt und Gras und Kies ausgoss. Schließlich entschuldigte sich der Mechaniker, er müsse jetzt arbeiten, und wies ihm den Weg. Er achtete nicht auf die anderen Teams, als er zum anderen Ende der Boxengasse stapfte, einmal lief ihm ein Mann in Silber in angespannter Ruhe über den Weg, der ihm entfernt bekannt vorkam. Er sah aus wie einer, der vor Jahren das Weinen gelernt hatte.

Das Blau in der Box, an die man ihn gewiesen hatte, erschien ihm satter, der Schriftzug schlanker als sonst. Hinten im Halbschatten erkannte er einen seiner Ingenieure, der vor einem weißlich flackernden Monitor saß. Um ihn herum die Mechaniker, wie drüben, dieselben Gestalten mit anderen Anzügen, in dieselben Arbeiten vertieft.

Dann kam sein Neffe um die Ecke, ein hochgewachsener Mann mit braunen Haaren. Ähnlich wie er früher, aber ihm keinesfalls aus dem Gesicht geschnitten. Sie umarmten sich, und er sah denselben Ehrgeiz in den Augen seines Neffen, der ihn schon beeindruckt hatte, als dieser noch klein gewesen war und im Kart gesessen hatte. Und ihn zum Ausruf veranlasst hatte, dass jeder, der denke, er sei schnell, erst mal seinen Neffen sehen solle. Gleich, das wusste er, würde der in eines der Fahrzeuge steigen und mit dreihundert Sachen die Gerade herunterrasen. Er wünschte ihm viel Glück für das Rennen, umarmte ihn noch einmal und ging. An der Boxenmauer lehnte er sich an und versuchte, das Ziehen in seiner Magengrube loszuwerden. Er presste die Augen zusammen, und als er sie wieder öffnete, spürte er, die Normalität war zurückgekehrt.

Er wusste jetzt, dass er träumte. Dort war das morgige Podium, drei Fahrer darauf, ganz oben das Hellblau auf dem Overall des Newcomers, seines Rivalen, der gerade den Pokal entgegennahm, und verhalten – warum so verhalten? – in die Höhe streckte. Er selbst stand nicht daneben, wurde nicht geehrt. Er fühlte sich unwohl in seinem Traum, und er erkannte, dass es wohl in Wirklichkeit so, vielleicht ein wenig anders, kommen müsse, wenn er morgen nicht anträte. Jetzt hatte er Gewalt über seinen Traum gewonnen, entschied, ihn noch eine halbe Minute weiterlaufen zu lassen – und dann aufzuwachen. Es hatte dort oben auch keinen Champagner gegeben.

Er trank aus dem Wasserglas auf seinem Nachttisch, strich mit den Fingerkuppen über die Bibel, die daneben lag, kniete sich vor das Bett und betete, um klar zu werden. Trotz dieses Unglücks von heute Mittag war sein Vertrauen in Gott ungebrochen, und ein wenig schämte er sich, dass er daran den ganzen Tag über nicht gedacht hatte. Nun aber war es ihm klar wie selten zuvor. Gott würde ihn beschützen, und obwohl er ihn nicht unsterblich machen würde, bräuchte er keine Angst zu haben. Darin war er sich sicher, es gab eben nicht allein die Physik mit ihren Gleichungen. Er schlug das Kreuz und legte sich zurück aufs Bett. Schloss erneut die Augen. Nach dem Aufstehen könnte er ja noch ein bisschen lesen. Wieder hörte er das Rauschen, jetzt aber stiller, friedlicher, fast wie das Rascheln von Blättern, bis es schließlich in der Ferne verschwand. Ayrton Senna, der dreifache Weltmeister, wusste, morgen würde er fahren.

## *Monte Carlo*

Eigentlich hätte Jule am liebsten studiert, Ethnologie oder irgendwas mit Kunst.

Sie schlürfte etwas Tee aus ihrer Tasse, holte sich einen Joghurt, ging dann ins Wohnzimmer, ließ sich – noch in Unterwäsche – auf die Couch fallen und schaltete den Fernseher ein. Jule hatte schlecht geschlafen, der Nachbar hatte die ganze Zeit über gebohrt und gehämmert. Ihr Kopf tat weh und sie hatte ein flaues Gefühl im Magen. Draußen überschwemmten die Straßenlaternen die Umgebung mit blassem Gelblicht. Im Fernsehen lief Michael Pohls Late-Night-Show. Eine Schauspielerin, deren Sextape vor kurzem einen kleinen Skandal ausgelöst hatte, schwadronierte über Beziehungen und ihren neuesten Film.

Jule strich sich über das neue Rosentattoo auf ihrem Bein, direkt über dem Knöchel und gähnte. Sie hatte keinen Appetit, den Joghurt musste sie in sich hineinzwängen. Dann stand sie auf, schaltete den Pohl ab, zog sich an und nahm das Handy vom Ladekabel. Im Bad achtete sie darauf, nicht zu viel Make-up aufzutragen, gerade genug, um zu verbergen, wie lausig sie sich fühlte. Ein letzter prüfender Blick, ob die hellblonden, leicht gewellten Haare saßen, und auf zur Arbeit. Kurz vor der Haustür machte sie jedoch noch mal kehrt, lief in die Küche, goss sich schnell ein Glas Milch ein und kippte einen Schuss 43er hinein. Jule trank hastig, merkte sofort, wie der Alkohol ihrem Kreislauf gut tat, stellte das leere Glas mit dem Milchschleier in die Spüle und ging aus der Wohnung.

Unten auf der Straße tummelten sich Gruppen junger Menschen mit Flaschen in der Hand. Eine Straßenbahn ratterte vorbei und spuckte einen Betrunkenen aus. Er pfiff irgendeine Melodie, die Jule bekannt vorkam.

Der Fußweg zum Casino war nicht lang, zwei Blocks, vorbei an einem Kino und *Costa's Imbiss*. Dann bog Jule noch einmal um die Ecke. Das N in der Leuchtschrift über der Tür war kaputt und Jule überlegte, ob sie Willy, ihren Chef, damit aufziehen und ihn fragen sollte, seit wann er denn Taschenrechner verkaufe, fand es dann aber doch nicht witzig. Sie betrachtete die Umrisse ihres Spiegelbildes im verdunkelten Fenster.

Drinnen roch es nach Bier, die Luft war stickig und Jule merkte sofort, wie ihr Kreislauf protestierte. Zum Glück war heute Abend wenig los, nur ein paar Stammgäste waren da. Die meisten von ihnen Männer, die hierher kamen, um sich verwegen zu fühlen. Oder weil sie nicht anders konnten. Dass auch an einem ruhigen Abend Tausende von Euro den Besitzer wechselten, war für Jule nichts Ungewöhnliches. Das meiste landete bei Willy. Mitte Fünfzig – genau wusste sie es nicht – mit Halbglatze und einem starken Berliner Dialekt. Immer ließ er die obersten zwei Hemdknöpfe auf und trug vollkommen unpassend dazu Hosenträger. Willy warb mit einem besonderen Jackpot. Zu einer Chance von null Komma null null null null irgendwas konnte man fünfzigtausend Euro abräumen. Das kam an; schließlich sei der Gewinn viel wahrscheinlicher als im Lotto, sagten ihr die Spieler. Gewonnen hatte aber noch niemand.

Willy saß in einer Ecke und las in einem Magazin. Er hatte nur kurz aufgesehen und mit der Hand gegrüßt, als sie reingekommen war. Jule stemmte sich mit den Armen auf den Tresen und schaute sich die Spieler an.

Übernächtigte Gestalten, deren Gesichter im roten, gelben und weißen Licht der Automaten aufflackerten. Die Abhängigen erkannte sie sofort, nach so langer Zeit sah sie es den Leuten an, wenn sie nicht aufhören konnten, sie musste nur auf kleine Zeichen achten, auf die Augen zum Beispiel, die herabperlenden Schweißtropfen am Hals oder das unauffällige, gerade noch wahrnehmbare Zittern in den Händen.

Willys Laden hätte nicht weniger mit der Vorstellung der meisten Menschen von einem Casino zu tun haben können. Roulette und Livrierte sind etwas für Touristen, die zum Spaß einhundert oder zweihundert Euro ausgeben, nicht, um gewinnen zu wollen, sondern weil sie das Geld an diesem Abend ohnehin auf den Kopf gehauen hätten. Die Spieler kamen hierher, in Flanellhemd und Jeans, unrasiert, nervös, bis sie an den Automaten saßen. Jule war meistens höflich zu ihnen und einige waren ihr nicht unsympathisch. Aber das war es auch schon.

Jule fühlte sich immer schlechter, und sie merkte, dass ihre Hände feucht waren. Sie fluchte leise, dann bückte sie sich, holte verstohlen eine kleine Flasche aus einer der unteren Schubladen und mischte eine starke Vodka-Cola – aber auch die half ihr nicht viel. Die Ränder ihres Blickfelds begannen sich aufzuweichen und ineinanderzufließen. Sie versuchte, sich zu konzentrieren. Einmal, fiel ihr ein, hatte sie sich für ein Nobelcasino beworben. Sie war zum Vorstellungsgespräch eingeladen, nach Spielregeln und Etikette gefragt worden, aber als sie *Kruhpieere* gesagt und der Personalchef sie lange angesehen hatte, wusste sie, man würde sie nicht nehmen.

Früher hätte sie sich beinahe mal in der Uni eingeschrieben. Dann aber hatte sich etwas in ihr gesperrt, und das Formular hatte so lange ausgefüllt auf dem Küchentisch herumgelegen, bis die Frist abgelaufen war. Außerdem hätte Jule die neue Wohnung aufgeben müssen, wenn sie wirklich ein Studium angefangen hätte. Seitdem sie arbeitete, war sie an gewisse Standards gewöhnt, drei Zimmer, große Küche, Bad mit Massagedüsen in der Wanne und der begehbare Kleiderschrank. Sie konnte sich nicht vorstellen, jetzt in eine WG oder eine Einzimmerbude zu ziehen. Als sie mit dem Abitur fertig gewesen war, hatte sie eigentlich nur ein wenig auf die hohe Kante legen wollen, aber dann war sie dabei geblieben. Im Casino verdiente sie mehr als anderswo, und so hatte sie sich damit abgefunden, tagsüber zu schlafen und in den Nächten zu arbeiten. Aufstehen, Frühstück, Pohl im Fernsehen, sechs Stunden Casino, dann kurz vor dem Morgengrauen in den Spätkauf, heimkommen und ein halbes Dutzend Requests bei Facebook und Jappy durchsehen. Zweimal im Monat stieg sie mit einem von ihnen ins Bett, etwas Festes ergab sich nicht. Eigentlich kein schlechtes Leben, fand Jule. Die alten Freundschaften hatten nicht gehalten, anfangs hatte man sie noch abends eingeladen, sie hatte absagen müssen, und mit den Einladungen waren auch die Anrufe weniger geworden. Sie war vierundzwanzig, ihre frühere beste Freundin hatte vor kurzem ihr erstes Kind bekommen.

Einer der Gäste bestellte sich ein Alkoholfreies. Jule kam es so vor, als leuchteten die weißen Gitter auf seinem Hemd wie unter Schwarzlicht, sie musste blinzeln, einmal, zweimal, dann nahm sie ein Glas und bediente den Zapfhahn, atmete dabei tief ein und aus. Ob ihr nicht gut sei, fragte der Mann. Jule murmelte irgendetwas. Nur an das Zapfen denken. Sonst an nichts. Das

Bier floss endlos langsam ins Glas. Sie spürte, wie ihre Hand zu kribbeln begann. Dann flimmerte es ihr vor den Augen, orange und schwarz.

Als sie zu sich kam, saß sie auf der Betontreppe zum Hinterhof. Die Müllsäcke stapelten sich in den Containern. Willy hatte seine Pranke auf ihre Schulter gelegt, nannte sie sein Mädchen und fragte, was ihr fehle. Ihr sei schwindlig, sagte sie, und sie fühle sich etwas schlapp. Vorsichtig entgegnete er, dass sie jetzt nicht heimgehen könne, er habe sonst niemanden für den Tresen. Jule nickte. Die Nachtluft tat ihr gut. Er lasse sie kurz einen Moment allein, sagte Willy. Sie nickte wieder, knetete dabei ihre Hände und starrte auf einen grauen Fleck an der Wand. Es war fast still, die Luft roch nach Jules eigenem Parfüm. Sie wusste nicht, wie viel Zeit vergangen war, als Willy wiederkam. Auf einmal stand er vor ihr, in der einen Hand ein Glas Wasser, in der offenen Handfläche der anderen einen kleinen weißen Punkt. Die solle sie nehmen, sagte er, das täte ihr gut. Jule wollte nicht. Sie habe heute schon getrunken, und mit ... Das mache gar nichts, unterbrach sie Willy. Es sei ja auch nur eine Aspirin. Jule sah auf und nickte. Dann nahm sie das Wasser, ihre Hand zitterte noch etwas vor Schwäche. Sie legte sich die Pille auf die Zunge, schluckte, und spülte nach. Gut so, mein Mädchen. Er gehe jetzt wieder rein, das Casino im Auge behalten – sie verstand Casio, aber das hatte er unmöglich gesagt. Sie solle einfach nachkommen, wenn sie sich wieder einigermaßen fühle; wenn sie nicht käme, würde er in ein paar Minuten wieder nach ihr sehen.

Jule tippte einige Minuten wahllos auf dem Display ihres Handys herum. Die Pille wirkte relativ schnell.

Sie fühlte ihre Kräfte zurückkehren und konnte bald schon ohne große Probleme aufstehen. Sie entschloss sich, noch ein paar Schritte im Hof zu machen, und ging dann wieder rein. Willy hob die Hand, als er sie sah. Sie musste wohl doch länger draußen gesessen haben, denn ein paar der Gäste waren gegangen und neue hinzugekommen. Unter ihnen war auch Jürgen. Der bemerkte sie, seine Miene hellte sich auf und ein wenig schüchtern wie immer kam er zu ihr herüber. Sie mochte Jürgen. Er war Fleischer, etwa vierzig Jahre alt und ein hoffnungsloser Fall. Stammkunde natürlich. Seine Ehe machte ihn unglücklich, die beiden Kinder liebte er, aber er verstand sie nicht. Zweimal im Monat kam er her und verheizte seinen Lohn, gab ihr Trinkgelder, die für seine Verhältnisse viel zu großzügig waren und versicherte ihr, sobald er gewinne, nehme er sie mit nach Monte Carlo. In ein richtiges Casino. Er war einen Kopf kleiner als sie. Überhaupt könne sie ihn immer anrufen, wenn sie etwas bräuchte. Seine Nummer hatte er ihr mindestens schon drei Mal gegeben. Ein komischer Vogel, aber seine Zuneigung für sie war ehrlich.

Jule fühlte sich jetzt eindeutig besser als vorher, nur manchmal schienen die Dinge im Raum ein wenig zu zucken und sie nahm die Bewegungen abwechselnd schneller und langsamer wahr, als sie waren. Ihr Handy vibrierte, eine Freundin schrieb, was die Nachricht von eben sollte, man habe ja nicht ein Wort entziffern können. Jule antwortete, es sei ihr vorhin nicht gut gegangen, jetzt sei aber alles wieder okay. Dann löschte sie die Nachrichten aus dem Speicher.

Die Stunden verstrichen und immer mehr Spieler gingen nach Hause, hatten genug oder waren pleite. Drüben gähnte Willy mit weit aufgerissenem Mund.

Jule dachte an ihren Feierabend, als plötzlich einer der Automaten pfiff und wie wildgeworden blinkte. Es war der, an dem Jürgen spielte; es waren die Fünfzigtausend. Jackpot. Beide, Jürgen und Willy, waren starr vor Schreck. Fast eine Minute verging. Mit unsicheren Beinen stand Jürgen auf, ging auf Jule zu, begriff offenbar die Situation noch nicht ganz. Monte Carlo? Fragte er nach einigen Augenblicken. Er grinste auf eine Art und Weise, die sie an ihm noch nie gesehen hatte. Jule lächelte ihn an – Monte Carlo! Sie selbst wusste nicht so recht, was sie sagen sollte. Jürgen bestellte den teuren Champagner, den Willy im Lager hortete – was er genau genommen nicht durfte –, mit dem er aber gerne angab. Jule wollte eigentlich nichts mehr trinken, brachte es aber nicht übers Herz, ihm jetzt nein zu sagen. Willy machte sich unterdessen fluchend am Gewinnerautomaten zu schaffen. Jürgen ignorierte ihn völlig. Als Jule wiederkam, hatte er etwas Aufrechtes, Stolzes in der Haltung, das ihm nicht schlecht stand. Sie öffnete die ungekühlte Flasche stieß mit ihm an, scherzhaft-vornehm. So, als wären sie nicht in diesem Casino. Monte Carlo also! – fing er wieder an, jetzt mit kräftigerer Stimme, und während das vorher noch eine Frage gewesen war, schien er sie jetzt regelrecht aufzufordern, sicher, dass sie mitgehen würde. Und wirklich, Jule sagte noch einmal zu, mehr aus Instinkt als aus Überlegung. Dann hole er jetzt schnell das Geld, rief er aus, laut genug, dass Willy es mitbekam. Er träfe sie in zwei Stunden am Gesundbrunnen, oben bei den Verkaufsständen. Jule nickte. Der Raum drehte sich in einer leichten Zitterbewegung um sie. Willy knurrte und nahm seinen Gast mit ins Büro. Natürlich würde Jule nicht zum Gesundbrunnen gehen.

Nach zehn Minuten kam er allein wieder; Jürgen war offenbar hinten raus gegangen, obwohl sie sich fragte, warum. Es war die Hölle. Willy fluchte und tobte, nannte sie eine Schlampe und Jürgen einen kleinen, glücklichen Wichser, schmiss ein Glas zu Boden, verscheuchte sie vom Tresen, warf die übrigen Gäste hinaus, die sich brummend fügten. Er beschwerte sich, dass er ruiniert sei, so ein kleines Casino könne das doch nicht mir nichts dir nichts wegstecken. Jule wusste, dass das nicht stimmte. Verdammter Scheißzwerg, die Fünfzigtausend hätte er verhurt, bevor er gucken könnte. Als Jule Jürgen verteidigte, hob Willy die rechte Hand und holte aus, besann sich dann aber offenbar im letzten Moment. Sie müsse jetzt gehen, sagte sie kalt, sie werde am Gesundbrunnen erwartet. Willy war so verdutzt, dass er nichts erwiderte, bis sie die Tür hinter sich zugeschlagen hatte.

Es war fast niemand mehr auf der Straße. Fünfundzwanzig Minuten musste sie auf die Bahn warten. Im Waggon setzte sich ein verliebtes Pärchen vor sie, das sich eng umschlungen küsste. Nüchtern hätte sie wahrscheinlich nicht so gestarrt. Plötzlich bekam Jule Angst um ihren Job. Hatte sie wirklich gehen müssen? Sie hätte auch einfach kontern und danach versuchen können, ihn zu beruhigen – zumindest ein wenig. Aber er würde sich auch so einkriegen, dachte Jule, außerdem hatte er ja keine andere. Fast hätte sie die Station verpasst. Warum war sie überhaupt hierhergekommen, sie hätte nach Hause fahren und Pohl anschauen können, der gerade sicher irgendwo wiederholt wurde. Und sie hätte sich ausschlafen können. Stattdessen wartete sie jetzt vor den Verkaufsständen am Gesundbrunnen. Unzusammenhängende, formlose Gedanken gingen ihr durch den Kopf. Hinten machte gerade ein Kiosk auf. Auf einem Werbeplakat sah sie die Schauspielerin mit dem neuen Film. Jule wollte schon nach Monte Carlo. Wenigstens für ein Wochenende. Den Rest sollte Jürgen seiner Familie geben. Dazu würde sie ihn zwingen. Wie kam man überhaupt nach Monte Carlo? Gab es dort einen Flughafen? Jürgen kam nicht. Natürlich, Dummchen, musste es dort einen Flugplatz geben. Wenigstens für kleine Maschinen. Ob sie ins Casino mitgehen würde? Nein, lieber nicht. Oder zumindest nur einmal. Aber Jürgen kam nicht. Eine halbe – eine Dreiviertelstunde war er schon zu spät.

Aus Frust kaufte sie sich am Kiosk zwei Feiglinge und trank. Das war zu viel – vor allem mit der Pille. Sie spürte, wie sie schwankte. Beinahe fiel. Es lustig fand. Fiel. Rauschen. Von irgendwem heraufgezogen wurde. Einem Jugendlichen. Nein zwei. Einer fasste ihr an die Brüste. Rote Wollmütze. Lachen. Rauschen. Unten eine vorbeifahrende Bahn. Rauschen. Dann wieder sie allein an der Station und langsam wich auch die einem Geflecht aus entfernteren Träumen.

Jule erwachte mit einem höllischen Kater. Sie benötigte einen Moment, um zu begreifen, dass sie daheim in ihrem Bett lag. Draußen war es bereits dunkel. Langsam stand sie auf, zwang sich, aus der Wasserflasche auf dem Beistelltisch zu trinken und schaltete ihr Handy an. Zwei neue Nachrichten, eine Werbe-SMS und die Einladung eines entfernten Bekannten, dienstagabends mit ein paar Freunden bowlen zu gehen. In spielerischer Langsamkeit tippte sie die Absage. Die Geschehnisse der Nacht kamen ihr unwirklich vor, je später, desto unwirklicher. Sie war doch in Wahrheit nach der

Pille gleich heimgegangen, mehr war da nicht gewesen. Sicher war sie aber nicht. So oder so, sie musste Willy anrufen. Aber der ging weder ans Telefon noch ans Handy. Das war nichts Ungewöhnliches. Niemand wusste, wo ihr Chef die meiste Zeit steckte. Sie schaltete den Fernseher ein – Nachrichten. Das alles half nicht, es musste sein. Sie raffte sich auf, ging zu ihrem Schreibtisch, kramte dort im Haufen unwichtiger Papiere, während der Sprecher von einer Ausstellung redete. Kunst oder irgendwas Ethnologisches – sie hörte kaum hin.

Sie findet den Zettel, entziffert die ungelenke Handschrift, wählt und es läutet. Eine Frau nimmt ab.

– Hallo?

– Ja, hallo, könnte ich bitte mit Jürgen sprechen?

– Der ... ist unterwegs. Geschäftlich. Um was geht es denn?

– Geschäftlich?! Wie ... lange ist er denn schon weg?

– Wer ist da überhaupt?

– Bitte, wie lange?

Dann ein Klicken und das Display ihres Handys leuchtet rot auf.

## *Die unsichtbare Grenze*

Seit langem schon lebte Marek in einem alten Backsteinhaus, in dem es spukte. Er war ein vernünftiger Mann, ging täglich wie gewohnt zur Arbeit und kam abends um sieben Uhr dreißig heim. Wenn er den Geistern, seiner Frau und seiner Tochter, begegnete, hatte er kaum Angst. Natürlich würde er sich nie ganz an diese Situation gewöhnen, in den Erscheinungen gab es keinen Spielraum für Normalität, aber es wurde mit der Zeit für Marek zumindest erträglicher. Die anfängliche Hilflosigkeit, die er empfunden hatte, war auf einen kleinen, glühenden Punkt in der Magengrube zusammengeschrumpft.

Oft versuchte er, sich an früher zu erinnern, an ihre Gesichter und die Stimme seiner Frau, wenn sie sich geliebt oder gestritten hatten. Wann er die beiden verloren hatte, konnte er nicht genau sagen, es war ein unaufhörliches Hinabgleiten gewesen, eine langsame Entgrenzung, in der sich Farben und Konturen nach und nach aufgelöst hatten.

Natürlich murmelten sie nachts und natürlich empfand er Beklemmung, wenn er seine Frau vor sich sah, unwirklich ruhig und nicht in der Lage, ihn zu verstehen. Ihm gegenüber blieben die beiden stumm, doch manchmal rissen ihn langgezogene Schluchzer aus dem Schlaf. Anfangs hatte er an der Innentür seines Schlafzimmers gelauscht, die Wange an das kalte, lackierte Holz gedrückt, um herauszufinden, woher die Geräusche kamen. Jeden Klang in der Nacht, jedes unerklärliche Schleifen, Pochen und Rumoren hatte er auszumachen und zu katalogisieren versucht. Er hatte die Handfläche auf die Türklinke gelegt, um zu prüfen, ob sie unter dem Lärm der beiden vibrierte. Dann aber hatte seine Hand zu zittern begonnen und er war wie ertappt zurückgeblieben in dem Zimmer, durch dessen Fenster ein dunkelvioletter Schimmer fiel.

Nach und nach beruhigte er sich durch die Routine, die er gewann. Er hatte nicht nur die Ursachen der Geräusche herausgefunden, eine klopfende Heizung, der Kühlschrank, oder ein Tier im Garten, sondern er scheute auch nicht mehr die Begegnung mit seinen Geistern. Manchmal wanderte er sogar durch das Haus, um nach ihnen zu sehen. Seine Tochter fand er meist in ihrem alten Zimmer mit der kindischen Einhorntapete. Damals hatte er unbedingt renovieren wollen, für das Zimmer war sie zu alt geworden, aber jetzt war es ja nicht mehr von Belang. Oft, wenn er eintrat, fand er seine Tochter auf dem Bett ausgestreckt, wie sie sich in einer ungesunden Haltung mit dem Oberkörper über den Nachttisch beugte und im Halbschatten auf das schwarze Display ihres Handys starrte, in dem sich ihr Glasgesicht nicht spiegelte. Oder sie stand vor der Kommode mit ihrem großen, inzwischen ergrauten Plüsch-Eisbären, offenbar in eine Erinnerung aus ihrem alten Leben versunken. Wenn er sie so sah, wollte Marek sie nicht stören und ging vorsichtig aus dem Zimmer. Manchmal aber, wenn seine Tochter nur ins Leere starrte und Marek das Bild allzu unheimlich vorkam, suchte er instinktiv nach ein paar zärtlichen Worten. Es kam vor, dass sie dann zu ihm hinsah, aber meistens verharrte sie reglos an Ort und Stelle, ganz so als wäre er, nicht sie, der Geist, ein fremder Luftzug, den man nur lange genug ignorieren musste, um ihn nicht mehr zu spüren.

Mit seiner Frau war es komplizierter. Die war ruhelos, streifte kreuz und quer durch das Haus, mit ihren Geisterdingen beschäftigt, brabbelte vor sich hin, verstellte Gegenstände, und wenn er auf sie traf, dann zufällig und meistens kurz vor dem Morgen. Manchmal blieb sie sogar tagelang ganz weg, und er wusste nicht, wo sie war. Dann wieder gab es Momente, in denen sie ihn regelrecht zu verfolgen schien. Sich beispielsweise, wenn er wegfahren wollte, in die Garage stellte und mit dem Ellenbogen auf dem Autodach lehnte, als wollte sie ausgeführt werden. Wahrscheinlich, dachte Marek, tat sie solche Dinge aus Gewohnheit, denn weshalb würde ein Geist ausgeführt werden wollen? Oftmals fand er seine alten Geschenke zu den Hochzeitstagen auf dem Küchentisch liegen, ein goldenes Armband zum Beispiel, oder die Fotos von ihrer gemeinsamen Reise nach Südamerika. Bemerkenswert war allerdings, dass sie, so sehr sie ihn manchmal suchte, auch in den schlimmsten Nächten niemals ins Schlafzimmer kam. Es schien, als hielte sie eine unsichtbare Grenze von diesem letzten Zimmer fern, in dem Marek und seine Wirklichkeit die Oberhand hatten. Manchmal dachte er mit einem säuerlichen Lachen daran, dass gerade seine Frau damals darauf bestanden hatte, das Haus zu kaufen, und sich eben dieses Zimmer als das schönste herausgesucht und beinahe alles selbst eingerichtet hatte.

Wenn er über solche Dinge brütete, kam Marek immer wieder die Überzeugung, dass es völlig unmöglich sei, mit zwei Geistern auch nur halbwegs vernünftig zusammenzuleben. Er hatte es lange genug versucht. Nach seiner anfänglichen Furcht und der Trauer, nach den vergeblichen Versuchen, die beiden zu erreichen, und nach dem fruchtlosen Bemühen um wirkliche Normalität hatte er sich in den Kopf gesetzt, sie zu vertreiben. Erst hatte er nachts überall das Licht angelassen, sich im Fernsehen einen unbesetzten Kanal ausgesucht und den grellen Pfeifton des Testbilds voll aufgedreht. Als das nichts half, entfernte er die Tür zum Kinderzimmer. Er lud Scharen von Bekannten ein, feierte Partys, für die man normalerweise spätestens nach dem Studium zu erwachsen wird und ließ die Handwerker kommen, um das gesamte Haus nun doch zu renovieren. Doch die beiden ließen sich nicht ausräuchern, auch nicht durch die neue Geliebte, die er jetzt mit in sein Schlafzimmer nahm und die einmal ein Glas Rotwein über dem Teppich seiner Frau verschüttete, den Fleck ansah, gluckste und dann mit ihren Lippen seinen Körper abwärts wanderte.

Frau und Tochter blieben. Er würde sich schon selbst nach einer anderen Bleibe umsehen müssen, gaben sie ihm wortlos zu verstehen. Aber das kam nicht in Frage. Er hatte aufgegeben, Waffenstillstand gehalten, aber demütigen lassen wollte er sich nicht. Es war eine Mischung aus Trotz und Resignation – Resignation, weil er die beiden nicht hatte vertreiben können. Den Trotz brauchte er, um nicht selbst vertrieben zu werden.

Wie lang es so ging, wusste nicht einmal Marek genau, ein gleichförmiges Leben und Weiterleben, das sich von Jahr zu Jahr hinzog, von Geistererscheinungen und deren Ausbleiben, von Taktikwechseln und resignierter Aggression. Bis einmal, mitten am Tag, Frau und Tochter ihre Koffer nahmen, gingen und sich Marek jetzt im erstmals wirklich leeren Haus seiner vollständigen Niederlage bewusst wurde.

# *Little Varna*

## 1

Jedes Jahr verlässt, zum grenzenlosen Stolz ihrer Familien, eine kleine Schar Abiturienten, die mit dem nötigen Intellekt, ausreichend finanziellen Mitteln und vor allem einer Menge von ihren Eltern gesätem, aber in ihnen ganz aufgeblühtem Ehrgeiz ausgestattet sind, ihre sonnenverwöhnte Heimat an der bulgarischen Schwarzmeerküste. Sie gehen ins europäische Ausland, um Ärzte, Pharmazeuten, Juristen oder Ingenieure zu werden. Dort haben sie es allerdings gleich doppelt schwer: zum einen, weil sie mit den Studenten mitkommen müssen, in deren Muttersprache die Vorlesungen gehalten und die Prüfungen abgenommen werden; zum anderen wegen derjenigen Lokalen, die einen schlechteren Notendurchschnitt haben als sie selbst, und die sich deshalb ein solches Studium, dort, wo sie geboren wurden, nur erträumen können. Diese erhalten dann naturgemäß eine schlechtere Ausbildung, und je schlechter die Ausbildung ist, desto mehr zerreißen sie sich ihr Maul über die Ausländer, die sie an Fleiß und Bildung übertreffen. Mit ersteren werden sich die Studenten aus Varna in der Universität herumschlagen müssen, und es wird nicht nur Fluch, sondern auch Segen sein, denn durch die höhere Anstrengung wird meist ein besserer Arzt oder ein findigerer Anwalt aus ihnen – auch wenn sich in ihren Abschlusszeugnissen nichts davon wiederfinden wird. Das größere Problem ist die zweite Gruppe: diejenigen Menschen, die dafür sorgen, dass man nie so richtig in der neuen Umgebung Fuß fassen kann, sich heimatlos fühlt und unweigerlich den einen oder anderen Samstagabend auch als junger Mensch im Pyjama mit Sitcomgucken verbringen wird.

Elena, eine dieser Absolventinnen, war in doppelter Hinsicht besonders: Ihre Eltern waren seit langem geschieden und sprachen kein Wort mehr miteinander. Mutter und Vater versuchten beide, sie für sich zu gewinnen. Elena hielt sich meistens heraus, entwickelte ein gewisses Misstrauen gegenüber allem, bei dem sie nicht sicher war, ob es nur darauf abzielte, sie insgeheim zu verlocken, vor allem aber gegenüber grundloser Jovialität, weshalb sie sich in ihren letzten bulgarischen Jahren nicht mehr heimisch fühlte und der Reise ins Ausland, in ihrem Fall nach Berlin, noch etwas zielstrebiger entgegenarbeitete als ihre Klassenkameraden. Später, in Berlin, nach der vierten Folge *King of Queens*, sehnte sie sich nach Varna zurück, so wie alle anderen auch. Allerdings war ihr Sehnen viel unkonkreter, galt nie bestimmten Menschen oder Situationen, sondern ganz einfach einer Vorstellung von Heimat, Meer, dem Geburtshaus, Lieblingsrestaurant und so weiter.

Zweitens hatte sie, obgleich sie angehende Ärztin war, und mit Philologie nichts am Hut hatte, ein ausgezeichnetes Sprachgefühl, nicht nur für das Deutsche, sie hatte auch Italienisch gelernt und versuchte sich im Russischen, das ihr aber nicht so recht gelingen wollte. Jedenfalls ermöglichte das Sprachtalent ihr nicht nur einen einfacheren Zugang zu den Berlinern, sondern auch verschiedene Gedanken und Ansichten, die sie ermutigten, nicht nur um der Abschlüsse willen zu studieren. Sie wollte sich auf das Wagnis einlassen, diese Abschlüsse tatsächlich zu nutzen, um sich in der Medizin, der zweitgrößten Männerdomäne nach dem Katholizismus, nicht nur auf Papier durchzusetzen.

Je stärker aber dieser Drang war und je dichter die Widerstände, auf die sie traf, desto größer wurde ihre Sehnsucht nach dem Alten, Wohlbekannten und Vermissten, der Musik, der osteuropäischen Mode, die sie der Berliner deutlich vorzog, vor allem aber dem bulgarischen Joghurt, den es nirgends sonst in der Welt gab, wie sie sagte, den leichten Salaten, den frischen Muscheln in Zitronensauce, die von den Älteren noch selbst gesammelt wurden, Moussaka mit Aubergine und Hackfleisch, pikanten Gewürzen, und all den Sachen, für die man in dem eigentlich so weltoffenen und sensationslüsternen Berlin nicht einmal Namen hatte: Lutenitsa, Shopska-Salata, Ikra, und die man nur eher schlecht als Recht auf Deutsch umschreiben konnte. Kurz: Sie trug Varna auf der Zunge, wie es ihr einmal zu formulieren einfiel. Und wenn sie weiterdachte, dann zielten viele Erinnerungen an das alte Leben an der Schwarzmeerküste auf die verschiedenen Delikatessen, die sie hier nicht bekam. Da die Unterhaltung mit ihren Eltern oftmals ins Banale abglitt, während sie aus Berlin mit ihnen telefonierte, redete sie über Essen und Rezepte, wie sie dies und das nachkochen könnte, denn beide Eltern waren äußerst begabt in der Küche.

Ganz deutsch wurde Elena also keineswegs, und die Deutschen vermieden bei allem offenen Interesse an ihrer Kultur und ihren Ansichten bald ganz bewusst einige Themen wie beispielsweise Rumänien, Papst Wojtyła, oder die Europäische Union. Ihr Freundeskreis bestand zur Hälfte aus Deutschen, zur Hälfte aus Bulgaren, die hier in Berlin lebten, wobei sich wie bei allen gebildeten Zugezogenen die Kontakte zu „Original-Berlinern“ in Grenzen hielten, einfach, weil an den Berliner Universitäten kaum ein Kind der Stadt studiert. So aber wurde Elena – trotz ihrer leidenschaftlichen Kritik an der Globalisierung – zur Kosmopolitin. Ihre Eltern, beide Doktoren der Rechtswissenschaften, aufgewachsen in dem patriotischen Stolz, die Fremdbesatzung der Sowjets in den letzten Zügen liegen zu sehen, ahnten es zunehmend, und es erschreckte sie die Erkenntnis, während sie für sich allein in ihren viel zu großen Wohnungen saßen, dass ihre Tochter vielleicht nicht nach Varna zurückkommen würde.

Natürlich kam es dann auch so, Elena, im Studium für ihre besondere praktische Begabung ausgezeichnet, erhielt eine Stelle als Assistenzärztin in einem Berliner Krankenhaus, das als das beste nicht Charité-geführte galt. Arbeitspensum und Konkurrenz vervielfachten sich in kurzer Zeit derart stark, dass sie zwar durchhielt, aber übermüdet und oft fahrig war, ängstlich ihren ersten ärztlichen Behandlungsfehler befürchtend, der nie eintrat, und sich in ihren Telefonaten mit den Eltern oft beklagte, um aufmunternde Worte zu hören. Die Mutter aber, deren Stadtwohnung inzwischen von selbstgetöpferten Vasen und einer Sammlung venezianischer Masken überbevölkert war, sah in den Klagen ihrer Tochter einen Hilfeschrei. Sie beschloss, selbst nach Berlin zu kommen, duldete keine Widerreden, verkaufte die Wohnung und das meiste ihres Besitzes schnell und unter Wert, mietete einen Lastwagen. Sechs Wochen später war sie Mieterin einer ungleich kleineren ungleich teureren Wohnung im Stadtteil Schöneberg. Weitere vier Wochen vergingen, und sie besaß ein kleines Restaurant, welches vorher einem älteren russischen Ehepaar gehört hatte, das sich zur Ruhe setzen wollte. Es war relativ ruhig gelegen, im Norden, Prenzlauer Berg, an der Grenze zu Weißensee, aber die Einrichtung hatte ihr so viel besser gefallen als alles Hippe und Trendige, was sie sich in Mitte und Friedrichshain angesehen hatte. Der Wedding war von vornherein nicht in Betracht gekommen. Die findige Juristin, die alles Rechtliche, was mit Gastronomie zu tun hatte, genau durchschaute, konnte allerdings weder deutsch noch englisch. Also musste Elena, die ihrer Meinung nach nie einen Hilferuf abgesetzt hatte, nun neben ihrem Job alle Formalitäten erledigen, während ihre Mutter täglich eine Stunde Bahn von ihrer Wohnung zum neuen Restaurant fuhr, wo sie dekorierte, ein paar Deutschbulgaren, vor allem Studentinnen, als Personal einstellte, über das sie mit ihren zukünftigen Kunden kommunizieren konnte, mithilfe ihrer neuen Mitarbeiter ein Menü zusammenstellte, probekochte, das Essen auf der Straße als Gratisprobe an Passanten verteilte, sich aufmerksam das Urteil anhörte, Dinge abänderte, andere so beließ, um die Kundschaft an einen gewissen Geschmack zu gewöhnen (die übrigens größtenteils sehr angetan war), und die Eröffnung bis ins allerkleinste Detail plante. Sie glühte vor Eifer und Tatendrang.

## 2

An diesem Punkt kam Daniel ins Spiel. Daniel war der Freund einer der bulgarischen Studentinnen, die für Elenas Mutter kellnerten. Am Abend der Eröffnung, die ein großes Fest wurde und an dem kein einziger Tisch frei blieb, saß er Elena gegenüber, die mit gemischten Gefühlen, aber doch voller Stolz über ihre Mutter beobachtete, wie Essen um Essen in den Gästeraum getragen wurde, wie sie am Ende des Abends zusammen mit zwei anderen Frauen in leuchtend weißen Uniformen hinaustrat und der Beifall alles übertraf, was sich Elena vorgestellt hatte. Daniel, der Geschichtsstudent war, hatte wenig natürliche Gesprächsthemen mit Elena, beide besaßen einen eher schüchternen Charakter, und anfangs schenkte ihm Elena wenig Beachtung. Daniel konnte Russisch wie Elenas Eltern, Elena hatte die Sprache nie gelernt. Jedoch trafen die beiden oft aufeinander – Elena, die lange im Krankenhaus arbeiten musste und in der Nähe wohnte, ging sich regelmäßig ein spätes Abendessen bei ihrer Mutter holen, und genoss diesen Vorzug ganz offen, die Mutter freute sich, ihrer klugen und ehrgeizigen Tochter so zu helfen. Daniel holte seine Freundin nach ihrer Schicht ab. Er redete dann ein paar Sätze mit Elena, Daniel interessierte sich für die bulgarische Kultur, fragte manchmal nach Ratschlägen, wie er seine Freundin überraschen könnte. Zaghaft entwickelte sich eine Freundschaft, besonders, nachdem seine Beziehung zur Kellnerin zerbrach, und Daniel trotzdem weiter ins Restaurant kam. Auch mit Elenas Mutter verstand er sich gut, bald musste er nichts mehr zahlen. Als Student nutzte er dieses Angebot ohne falsche Bescheidenheit, dafür umso dankbarer. Elena, die keine Zeit hatte für eine Beziehung, genoss die Gegenwart ihrer Mutter und eines männlichen Freundes, war tatsächlich glücklich mit den Dingen, ihre Befürchtungen hatten sich nicht bewahrheitet. Das Restaurant lief wie am Schnürchen, Elenas Mutter verdiente besser als in ihrem Anwaltsberuf.

Einzig Elenas Vater litt zunehmend an dieser Situation, er fühlte sich in Varna zurückgelassen, und ihm, dem bekennenden Patrioten, der sich im Vertrauen gerne für ein „Bulgarien von Küste zu Küste" zulasten der Türkei aussprach – diesem Mann wurde sein eigenes Land zu eng. Der Gedanke, seine Tochter nun doch an ihre Mutter verloren zu haben, und ohne Exfrau nun wirklich ganz allein zu sein, nagte pausenlos an ihm, sorgte für durchwachte Nächte, die er erst durch das Verfassen historischer Traktate, dann mittels Rakia totschlagen wollte. Die Klienten blieben seit einer ganzen Weile aus, zumindest die Höhergestellten wollten jüngere Advokaten, die Englisch sprachen und andere Ansichten vertraten. Also fasste der Mann, der früher während seiner Ehe selbst zu zwei Wochen Kreta nur unter allergrößten Protesten zu bewegen gewesen war, den Entschluss, sein Land zu verlassen. Und um seine Tochter zu kämpfen. Man kann nicht sagen, dass sein Entschluss irrational war, er wusste ganz genau, was er tat, als er seine Wohnung verkaufte, seine Ersparnisse auflöste, sich eine große Wohnung in Berlin kaufte und diese sofort belieh, um mit dem Darlehen und dem Rest der Ersparnisse dem Restaurantbesitzer, dem das Grundstück auf der anderen Straßenseite gegenüber dem Restaurant von Elenas Mutter gehörte, ein unwiderstehliches Angebot zu machen. Der Vater, der schon immer eine Schwäche für alles Ästhetische und Luxuriöse hatte, ließ den Überfluss in sein Restaurant einziehen. Er dekorierte die Decke mit teuren schimmernd herabhängenden Stoffen, vertäfelte die Wände, besorgte Möbel und Zubehör nicht nach seiner Geldbörse, sondern nach seinem Geschmack, stellte mehr als genug Leute ein, machte die Portionen verschwenderisch groß, kurz: er beging alle

Fehler, die man als unerfahrener Gastronom nur begehen kann – und hatte Erfolg damit. Die Qualität seiner Speisen war unbestreitbar exquisit, er bot Gerichte an, die man nirgendwo anders in Berlin erhalten konnte, und sein Konzept zog eine reichere Kundschaft an als das Restaurant seiner Exfrau, der jede Verschwendungssucht fernlag. Natürlich nahm Elenas Mutter das als die unmissverständliche Kriegserklärung auf, die es ja auch war, und was in den Herzen von Elenas Eltern Jahr um Jahr an Rivalität, Missgunst und Eifersucht herangegoren war, begann sich jetzt wie ein schweres Gewitter zu entladen.

## 3

Keiner der beiden wollte sich die Blöße geben, den anderen zuerst anzusprechen, also wechselte man kein Wort, selbst wenn man sich sah, und man sah sich häufig, da beide Restaurants vom selben Händler beliefert wurden, beide auf denselben Markt gingen, um Spezialitäten zu kaufen. Doch bei allen Versuchen, sich zu übertreffen, hatten sie sich bei den Schließzeiten wortlos auf einen Waffenstillstand geeinigt. Beide machten wochentags um 22 Uhr, am Wochenende um Mitternacht zu. Sonst versuchten sie, sich gegenseitig auszustechen, um die Kundschaft zu buhlen, vor allem natürlich um die eigene Tochter, die Einladungen nun nicht mehr ablehnen konnte, ohne den Vorwurf zu ernten, heimlich ins Restaurant des anderen zu gehen. Der Vater hatte diese unglückliche Situation gewaltsam herbeigeführt, die Mutter, in ihrem tiefsten Stolz getroffen, ließ keine Gelegenheit aus, den Krieg, den sie nicht begonnen hatte, umso verbissener zu führen. Vor allem, da der Vater nach und nach die Oberhand zu gewinnen schien, das Darlehen bald zurückgezahlt hatte und er reinvestieren konnte. Die Restaurants teilten die Straße, fast schon ideologisch. Es gab einige, die traf man niemals in dem einen, nur in dem anderen Restaurant, sie erklärten sich solidarisch mit der Mutter oder dem Vater, und beide nahmen diese Loyalitätsbekundungen mit großem Dank und manchmal auch großer Rührung an. Aber um die bereits gewonnenen Gäste ging es gar nicht so sehr. Am wichtigsten waren diejenigen, die sich von jeder Parteinahme fernhielten, mal in dem einen, mal in dem anderen Restaurant verkehrten, zumal die Küchen, angestachelt von der Konkurrenz, zu kulinarischen Höchstleistungen aufliefen, die nicht nur die in Berlin lebenden Bulgaren so nicht kannten – es war auch für alle anderen etwas ganz Neues. Sie alle wurden von beiden Gastwirten wie alte Freunde umgarnt, mit echtem Interesse, ohne übertriebene Schmeichelei, mit einer Gastfreundschaft, die in Wahrheit auch als Geschoss auf die andere Seite gerichtet war.

Neben Elena war bald Daniel beliebtes Ziel der größten und verschwenderischsten Wohltaten, da er Nichtbulgare war, konnte seine Loyalität nicht mit Erziehung und Vergangenheit erklärt werden, sondern musste sich allein auf die gastronomische Qualität beziehen. Was nur zur Hälfte stimmte. Als Geschichtsstudent hatte er natürlich eine Fülle von Gesprächsthemen mit dem historienbegeisterten Vater, der ja seine Zeit schon lange mit geschichtlichen Recherchen verbracht hatte und seine Ansichten nun Daniel mitteilte. Zwar war der meist gegenteiliger Meinung zu dem, was Elenas Vater sagte, aber die Gespräche erhitzten und faszinierten ihn. So kam es schließlich, dass der Vater mit dieser einen Sache, die frei von jeglichem Kalkül war, Daniel insgeheim mehr und mehr für sich einnahm.

Den nächsten Schritt machte die Mutter. Als es an ihrem Restaurant nichts Vernünftiges mehr zu verbessern gab, investierte sie ihren gesamten Gewinn, auch ihr neu geschaffenes privates Vermögen in den Kauf der zweiten Etage und eines Teils des großen Innenhofs. Die Frau, die ihr Leben lang fromm orthodox gelebt und gedacht hatte, diese Orthodoxie sogar als Geschenk ihrer Eltern begriff, das nur für sie heimlich durch die Sowjetzeit geschmuggelt worden war, diese Frau eröffnete nun auf der zweiten Etage einen Club. Ausgerechnet in Berlin. Sie verband den Innenhof mit einer Außentreppe, dadurch konnten er direkt erreicht werden. Die Vorstellung, ein gediegenes Ambiente mit Live-Jazz, exotischen Drinks und plüschüberzogenen Sesseln zu schaffen, verwarf sie noch während der Vorbereitungen, und fügte sich dem, was in Berlin funktionierte: ein Nachtclub mit Außenbereich, billigem Alkohol und potenziellen Nachbarschaftsklagen. Einen ihrer Kellner stellte sie als DJ ein, heuerte zwei neue Barkeeper an. Sie hoffte, den Aufwand damit für sie erledigt zu haben und nicht genau mitansehen zu müssen, was sich im ersten Stock so abspielte, nachdem das Restaurant unten geschlossen hatte. Das ging allerdings nicht immer; denn das Büro in ihrem Restaurant grenzte mit einer Wand an den Außenhof, es gab sogar eine Tür. Sie hielt sie immer verschlossen, aber es half nichts gegen den Lärm.

Daniel mochte den Club, es gab – natürlich – Balkan Beats, Chalga und bulgarischen Techno, ansonsten verriet in den Nächten nichts von dem Krieg, den man mit

Speisekarten und Vier-Gänge-Menüs tagsüber ausfocht. Ein Club wie jeder andere.

Er wusste nicht, dass er selbst mitverantwortlich sein würde für das, was als nächstes kam. Daniel war ein junger Mensch, der, wie man sagt, keine Eltern hatte. Natürlich war das nicht die Wahrheit, Daniel hatte eine Mutter, aber ihm graute vor dem Tag, an dem die Stadtverwaltung ihn in Kenntnis setzen würde, dass die Frau, die ihm das Leben geschenkt hatte, kremiert und ohne Anwesende beigesetzt worden sei; an dem Tag würden die Schuldgefühle kommen, das wusste er, obwohl ihn objektiv gesehen auch dann keine Schuld träfe. Deshalb schien ihm umso bedeutsamer, was geschah, als er eines Abends wieder im Club war. Es war nicht viel los, nur eine Handvoll Menschen, ein schlechter Abend. Auf einer der Außenbänke war ein Mädchen, halb sitzend, halb liegend, ganz offenbar eine Deutsche mit blonden gewellten Haaren und einem Tattoo auf dem Fußknöchel. Mit leeren glasigen Augen starrte sie durch die Luft, ihr Gesicht verriet, sie war kurz davor zu weinen, wollte offenbar weinen, aber irgendeine innere Blockade hielt sie davon ab. Sie sah furchtbar aus, und Daniel ging zu ihr hin, versuchte, mit ihr zu sprechen. Alles, was er erfuhr, war ein hingelallter Name, Juuu-Leeee. Daniel wusste, das Mädchen konnte in dem Zustand nicht heimgehen, auf der Bank liegenbleiben konnte sie aber auch nicht. Er packte sie am Arm und ging, sie halb tragend, mit ihr zu der Tür, hinter der Elenas Mutter saß und arbeitete. Er musste zirka fünf Minuten immer wieder klopfen, bis sie aufmachte, Zorn im Gesicht, der aber sofort verpuffte, als sie ihn mit dem Mädchen sah. Sie half ihm, das Mädchen auf den Bürostuhl zu setzen, und schickte ihn dann hinaus. Daniel setzte sich mit einem Drink nach draußen, redete mit diesem und jenem. Nach einer Stunde öffnete sich die Tür. Das Mädchen lief, leicht schwankend und mit komplett verheultem Make-up, aber zielstrebig in Richtung Ausgang. Sie bedankte sich noch kurz, lächelnd, bei Daniel. Er war wie vom Donner gerührt, als er sie das nächste Mal wiedersah und sie ihm versicherte, sie könne wirklich weder Bulgarisch noch Russisch. Wie hatte Elenas Mutter sie so schnell hochpäppeln können, ohne sie zu verstehen? Er begriff es nicht, aber die Geschichte machte die Runde, nicht zuletzt durch ihn.

Es war in etwa die Zeit, als man von den beiden Restaurants als *Little Varna* zu sprechen begann. *Little Varna*, das die Menschen anzog, vor allem die Heimatsuchenden; die, die hergekommen waren, um Ärzte, Anwälte oder Ingenieure zu werden und die ein Stück Bekanntes im fremdartigen Berlin suchten.

Jetzt hatte *Little Varna* noch viel mehr als das, was Kunst und Kultur bieten konnten, mehr als ein Forum für die Berliner Bulgaren und alle, die sich für die Lebensart am Balkan zu interessieren begannen – jetzt hatte *Little Varna* eine Mutter!

Es geschah, dass in den Clubnächten die jungen Gäste, die auch im Restaurant oft verkehrten und die mit Elenas Mutter genauer bekannt waren, mit ihren Problemen und Sorgen an die nun nicht mehr durchgehend verschlossene Tür klopften. Natürlich ließ sie nicht alle hinein, nur die, die ihr sympathisch waren, aber denen hörte sie ausgiebig zu, und das „Wunder“ mit Jule wiederholte sich, wenn auch im Kleinen, wieder und wieder. Nirgendwo sonst in Berlin hatte man von so etwas je gehört, der Club bekam dadurch einen ganz speziellen Ruf, und es schien das Natürlichste auf der Welt, mit der Besitzerin zu reden, wenn man eine Mutter brauchte – nachts, wenn man angetrunken und verletzlich war; das war ehrlicher und natürlicher als bei jedem Psychologen auf der Couch. Auf Daniel machte das Eindruck, der Einfluss von Elenas Vater schien etwas zu schwinden. Zumal: Wenn die Mutter jemanden nicht verstand, konnte es passieren, dass sie Daniel mit ins Büro holte. Fast immer waren es junge Frauen. Und fast immer ging es um Beziehungen und Liebe. Daniel, der zurückhaltende, aufmerksame, etwas schüchterne junge Mann war darauf die ideale Antwort, der noch nie ein Mädchen schlecht behandelt hatte und das wohl auch niemals tun würde. Was die anderen an dieser Mutter genossen, genoss Daniel doppelt.

Und Elena? Sie versuchte alles, um sich aus dem Konflikt rauszuwinden, vereinbarte feste Besuchstage; weder Vater noch Mutter hielten sich an diese Absprachen, erfanden Sondertermine für die Tage, an denen sie hätte beim anderen sein sollen, dann wieder, nach einem langen Streit, hatte sie beschlossen, beide nur noch einmal im Monat, und zwar in deren Wohnung zu besuchen. Auch das hielt nur zwei Monate, das schlechte Gewissen war zu stark, das die Eltern ihr gemacht hatten. Schließlich akzeptierte sie ein Angebot an der Heidelberger Uniklinik, versicherte jedem, das würde aus rein beruflichen Gründen geschehen und hätte nichts mit den Eltern zu tun – eine Bemerkung, die völlig überflüssig gewesen wäre, entspräche sie der Wahrheit. Den Eltern ließ sie kaum Zeit, sich vorzubereiten, jedoch bewirkte sie damit, dass die Mutter den Vater anrief, nach über zehn Jahren zum ersten Mal. Beide wollten eine Abschiedsfeier für die Tochter organisieren, und wenigstens dieses eine Mal nicht im Termin konkurrieren. Wohl aber darin, wer die schönere Feier ausrichten konnte. Der Vater, urteilte Daniel, gewann.

Vater und Mutter konnten sich nur abfinden. Keiner von ihnen wollte nach Heidelberg folgen. Stattdessen richtete sich die Aufmerksamkeit beider nun ganz auf die Gäste, vor allem aber auf Daniel, der jetzt Elenas Platz einnahm. Er wurde sonntags privat eingeladen, feierte Geburtstage, Namenstage, nahm auch Einladungen von den Kellnerinnen an, die rasch bemerkten, dass das Wohlwollen ihrer Chefs auch von Daniels Gunst abhing. Dieser gestand sich ein, dass er die Dinge, so wie sie waren, sehr genoss.

## 4

*Little Varna* blühte auf, fand bald Erwähnung in Restaurantführern und der *tip-Zeitung*, bald schrieben Magazine über den Ehestreit, der so viel Kultur und kulinarischen Genuss ins Viertel gebracht hatte. Schriftsteller begannen, über die beiden zu fabulieren, doch je mehr Gerede es gab, desto stiller wurden die Parteien selbst. Es schien, als steuerten beide auf ein ungeliebtes Patt zu, da ihnen die Schachzüge auszugehen drohten. Niemand wollte ihnen weitere angrenzende Immobilien verkaufen, egal wie großzügig sie verhandelten, und auf dem Raum, den sie zur Verfügung hatten, war bereits alles so, wie es besser nicht hätte sein können. Die Mutter hatte den berühmten Nachtclub, dessen Renommee bald das ihres Restaurants übertraf; der Vater war der um einiges erfolgreichere Gastronom. Und beide, Mutter und Vater, hatte dieses Patt wohlhabend gemacht. Es schien, als würden die alten Kämpfer müde werden und ihre Fehde gegen die Ruhe eines gemächlichen Alterns eintauschen wollen, das nun deutlicher und deutlicher anbrach. Daniel, den wichtigsten aller Kunden, hatte offensichtlich die Mutter gewonnen, mit Mitteln, die der Vater nicht besaß. Er heiratete sogar eine Frau, die er kennengelernt hatte, als sie weinend in ihr Büro gestürmt war, eine Bulgarin aus Varna, die war einverstanden unter der Bedingung, niemals Partei ergreifen zu müssen. Daniel lernte ein ganz passables Bulgarisch, stand kurz vor dem Ende seines Studienabschlusses.

Elena blieb in Heidelberg, heiratete ebenfalls, und mied inzwischen nun auch Daniel, weil sie die Einflussnahme ihrer Eltern durch ihn zu sehr fürchtete. Stilles Ende einer stillen Freundschaft.

Eine Vierzimmerwohnung in Varna wurde Daniels Sommerresidenz, dort lernte er zum ersten Mal das Lebensgefühl in seiner ganzen Originalität kennen, das zu erzeugen die Eltern seiner alten Freundin sich so sehr bemüht hatten, und er liebte alles an dieser Stadt; den Strip voller Bars, Restaurants und Clubs, die alte Innenstadt, den Stadtbrunnen mit den kunstvoll arrangierten, meterhohen tanzenden Fontänen und den farbigen Lichtern, die botanischen Gärten mit den streng blickenden Bronzeköpfen darin.

Wieder in Berlin erwartete seine junge Frau bald das erste Kind. Daniel, noch ohne festen Job, kurz vor der Fertigstellung seiner Abschlussarbeit, machte sich ernsthafte Gedanken über seine Zukunft.

Es war in dieser Zeit, als plötzlich alles entschieden wurde, durch einen letzten, in seiner Tragik meisterlichen Schachzug: Elenas Vater bat ihn eines Abends nach einem besonders reichlichen Essen in sein Büro. Daniel ahnte sofort, dass es um etwas Bedeutsames gehen musste, der Vater setzte zweimal an, in schwerem, verklausuliertem Russisch, immer wieder ins Bulgarische rutschend, das Daniel inzwischen zum Glück gut verstand. Er sprach von etwas, das die Ärzte Amyloidose nannten, er selbst hätte es nicht so genau verstanden, irgendeine Proteingeschichte, aber im Laufe von zwei Jahren in jedem Fall tödlich. Daniel schwieg betroffen, der Vater musterte ihn genau, bevor er fortfuhr. Vielleicht überdachte er seine Entscheidung doch noch einmal. Schließlich aber sagte er: Er werde das Erbe aufteilen. Seine Tochter bekäme die mobilen Werte. Daniel, der wie ein Sohn für ihn geworden sei, die Immobilien plus ein gutes Startkapital. Er sollte sich lediglich um seine Pflege kümmern und nach seinem Tod das Restaurant keinesfalls verkaufen. Letzteres sollte er sogar vertraglich bestätigen. Daniel tat es sofort, er hatte kein Interesse daran, zu verkaufen; die Ehre, die ihm zuteil geworden war, empfand er mit aufrichtiger Ehrfurcht. Es kam ihm fast so vor wie eine Adoption, die zudem alle seine Sorgen löste.

Er, der die Speisekarte in- und auswendig kannte, würde einen bulgarischen Koch aus Varna engagieren, ihn verschwenderisch bezahlen, so wie es Elenas Vater getan hätte.

Daniel selbst merkte erst viel später, was die Entscheidung des Vaters ebenfalls war: dessen vollständiger und unerwarteter Sieg im alten Zweikampf mit seiner Frau. Er hatte nun ganz ausdrücklich Daniel gewonnen, zusammen mit einem Großteil der jungen Kundschaft, zudem würde der das Restaurant auch noch dann weiterführen, nachdem Elenas Mutter aus Altersgründen zur Aufgabe gezwungen sein würde.

Sie hatte keine Nachfolgerin, den einzigen Kandidaten hatte der Vater ihr gestohlen.

Daniel dachte daran, wie er die nächsten Jahre seine Gewinne ansparen würde, sah voraus, dass die Mutter sich bald aus dem Geschäft zurückziehen müsste. Was würde geschehen? Dass Elena das Restaurant ihrer Mutter weiterführen und so den Konflikt in die nächste Generation tragen könnte, stand kaum zu befürchten. Sie hatte kein Interesse an der Gastronomie, ihre medizinische Karriere war allzu vielversprechend und ihr Arbeitseifer verschaffte ihr Erfolge, die ihren Wert in jeder anderen Welt als derjenigen der Medizin verloren hätten. Sie würde also erben und nichts mit dem Erbe anfangen können, Daniel würde sie auskaufen; sie würde ihn verachten, aber insgeheim wäre sie dankbar, diese Last loszuwerden.

Daniel und seine Frau hätten mit beiden Grundstücken ganz andere Gestaltungsmöglichkeiten. Es störte sie übrigens kein bisschen, dass sie durch die Annahme des Erbes doch Partei bezogen hatten. Die Zukunft schien einfach zu aussichtsreich. Und mit dem doppelten Gewinn würden sie auch die hartnäckigsten Verhandlungsgegner überzeugen können, schließlich doch an sie zu verkaufen. Daniel würde noch mehr aus Varna herüberholen, vielleicht einen Beach Club, vielleicht das Outlet eines osteuropäischen Schneiders, vielleicht einfach nur einen ähnlichen Springbrunnen wie den, den er im Sommer gesehen hatte – es musste ja nicht alles Profit einbringen. Davon gäbe es ohnehin genug. Er würde sich eine neue Heimat aufbauen und sie mit den vielen Bulgaren teilen, die alle ihr Varna auf der Zunge trugen. *Little Varna* würde groß werden, und er würde der unangefochtene König sein.

# *Nara*

*You are not prepared*
*– Illidan Stormrage*

Seit sie das große Haus allein bewohnten, das Schlafzimmer ihrer Eltern verwaist ließen und nur, wenn sie es nicht unbedingt vermeiden konnten, darüber sprachen, beschworen sie sich immer wieder gegenseitig eine angebrochene Zeit des Sich-Lösens herauf – des allmählichen Freiwerdens von gewissen Gedanken und Sichtweisen, von dem Fakt, dass sie nicht nur keine Eltern mehr hatten, sondern auch vor dem Unfall keine Eltern mehr hatten haben wollen, und von den Schuldgefühlen, die deswegen jetzt an ihnen nagten. Damals, vor dem Anruf; bevor ihr Vater zu viel getrunken hatte und seine Frau, die es wusste, ohne Widerspruch neben ihn in den BMW gestiegen war, bevor sie Kindespflicht erfüllt und am offenen Grab getrauert hatten, war sie, Conny, eine junge Frau mit dunklen Erinnerungen geworden. Sie als die Ältere hatte damals alles abbekommen, dennoch war es ihr Bruder, der in der Zeit vor dem Tod ihrer Eltern zusehends zerbrochen war.

Jetzt aß er zu viel, verließ kaum das Haus, lebte von seinem Anteil der Vollwaisenrente und kam selten unter Menschen. Er mied den Kontakt mit dem Postboten; immer war sie es, die öffnen gehen musste, Conny, die Studentin, die alles nebenbei zu erledigen hatte und, wie schon in der Zeit vor dem Unfall, ihn von allem abzuschirmen versuchte. Was er benötigte, ließ er sich ins Haus kommen, sie versuchte, ihn zu erpressen, einmal die Woche hinauszugehen, indem sie drohte, nicht mehr zu kochen, er ignorierte es und sah sie eindringlich an, als könnte er sie durch das Starren vertreiben.

Nur quälend langsam wurde es besser, Conny kam sich selbst märchenhaft geduldig vor, und als sie ihn das erste Mal dazu bringen konnte, auswärts mit ihr essen zu gehen, empfand sie einen, wie sie später urteilte, ganz unsinnigen Triumph. Nach und nach führte sie Rituale ein, einmal die Woche Schwimmbad, zweimal im Monat musste er selbst einkaufen und dann für beide kochen. Sie sah mit einem mütterlichen Stolz – für den sie sich ein wenig schämte –, wie er einen Freund fand, der ihn zwar nicht überreden konnte, ins Stadion zu gehen, aber immerhin gemeinsam mit ihm samstags im Fernsehen die Spiele ansah.

Dass er auf sie zukam, mit einer eigenen Idee, machte es für sie überflüssig, darüber nachzudenken, ob sie wollte oder nicht. Sie fuhren die Notebooks hoch, richteten sich Accounts ein, luden sich den Spieleclient herunter, beschlossen, zweimal die Woche abends zu spielen. Sie beaufsichtigte ihn, weil sie insgeheim darum fürchtete, er könne sich in dieser Nebenwelt verlieren, doch die Besorgnis erwies sich als unbegründet. Im Gegenteil, einmal machte er sie auf die Uhrzeit aufmerksam, als sie ihr Zeitgefühl verloren hatte. Beide organisierten sich in unterschiedlichen Spielergruppen und Conny konnte ihrem Bruder Freiräume lassen, was er dankbar akzeptierte, denn auch er hatte sicherlich bemerkt, wie Conny sich anstrengte, sich seiner anzunehmen, und fühlte sich jetzt, wo es besser wurde, wohl seinerseits erleichtert.

Eines Abends nahm er sie mit ins Wohnzimmer, und er begann, über ihre Eltern zu reden, das anzuschneiden und zu benennen, was selbst sie nur in aufgeschwemmten Bildern gedacht hatte. Zusammen beschlossen sie, das leerstehende Zimmer zu entrümpeln, zu sanieren und zu vermieten. Sie bezog ihn in die Planungen ein und unternahm nichts ohne seine Zustimmung.

Das gemeinsame Computerspielen hatten sie irgendwann aufgegeben, sie hatten das Gefühl, darin nichts Neues mehr zu erleben. Stattdessen ersetzten sie die Zeit erst durch Kino und Romane, später entdeckten sie das Pralinenmachen für sich (er hatte genug Gewicht verloren, sodass sie es ohne schlechtes Gewissen zulassen konnte) und veranstalteten Wettbewerbe, mit den ungewöhnlichsten Zutaten die besten Resultate zu erzielen. Die Idee hatten sie aus einem Erzählband, in dem eine Frau ihren Verlobten mit Kakerlaken-Pralinen zu füttern versuchte. Sie hatten das Ganze dann, wie Conny scherzte, nur ein wenig abgewandelt.

Sie fand ihn mit durchtrennten Pulsadern in der Wanne liegen, der Badezusatz färbte das ausgetretene Blut in ein schmutzig-dunkles Orange.

– *Wie bei einem lebendigen Vogel, dessen Daunen man einzeln abknickt und herauszieht.*

– *~~Stahl~~ Bleigewitter hinter meiner Stirn.*

– *Menschheit ist trauerndes Inferno.*

Diese und ähnliche Satzfetzen schrieb sie, nachdem sie ihn beerdigt hatte, auf herumliegende Flyer und Papierservietten, kritzelte Fragmente von gestaltlosen Bildern, die auf ihren Bruder verwiesen. Es hatte keinen Abschiedsbrief gegeben. Sie stellte sich vor, wie sich Dornen durch die Tapete der Zimmerwände hindurchstießen, und wenn sie bei elektrischem Licht die Augen schloss, flackerte das Orange an der Innenseite ihrer Lider, wurde seifig und zog zitternde konzentrische Kreise, bis es ihr unerträglich wurde.

Eineinhalb Wochen verkehrte sie mit der Stille, dann suchte sie einen Psychologen auf. Der Mann, dem sie gegenüber saß, trug einen altmodischen Anzug, stellte höflich Fragen, sprach ihr sein Beileid aus und fegte zwischendurch mit der Handkante über seinen Tisch, auf dem eine geradezu provokant aufgestellte Box Papiertaschentücher lag. Das Gespräch war ihr unangenehm, sie hielt die Linke in die Armlehne des Stuhls gekrallt. Daheim beschloss sie, es bleiben zu lassen und stattdessen Kontakt mit dem Freund aufzunehmen, mit dem ihr Bruder die Spiele angesehen hatte. Sie traf sich mit ihm zum Kaffee, auch er bedauerte ihren Verlust aufrichtig, konnte aber die Fragen, mit denen sie ihn bestürmte, nicht beantworten, weshalb sie sich nach kurzer Zeit anschwiegen. Als sie sich verabschiedeten, war Conny genauso ratlos wie zuvor, nur noch ein wenig enttäuschter.

Danach schloss sie sich wieder ein und versuchte zu weinen. Sie blieb im Bett liegen und sah sich wahllos die Wiederholungen alter Sitcoms mit dem deutschsynchronisierten Geisterlachen an, starrte auf Werbeblöcke für Kleinwagen, Browsergames und Hygieneprodukte für die aktive Frau von heute. Der Gedanke an Essen bereitete ihr Übelkeit.

Die Idee mit dem Spiel kam ihr ziemlich früh, nicht erst durch die Fernsehwerbung, aber es vergingen Tage, bis sie schließlich online ging und sich Spielzeit kaufte. Eine halbe Stunde später – sie hatte das neueste Update herunterladen müssen – war sie im Charaktermenü. Dort, wo die Grenzen am durchlässigsten waren, sah sie Nara aus ihren bernsteinfarbenen Augen an. Halb Frau, halb Stier, angetan mit ledernen Roben, auf denen sich Wurzeln und grüne, speerspitze Blätter rankten.

Conny betrat die Spielwelt. Sie öffnete das Sozialmenü, die Namen in der Liste blinkten gelb auf. Zwei hatten sie bereits angeschrieben, fragten, ob sie und ihr Bruder jetzt wieder zurück seien; ihnen antwortete sie zuerst und erhielt darauf verlegene Nachrichten mit vielen Pünktchen. Sie entschuldigten sich, dass ihnen die Worte fehlten und Conny war ihnen nicht böse. Sie schrieb diejenigen an, die sie gemeinsam gekannt hatten, und ließ, ungeduldig auf Leertaste herumhämmernd, Nara über die niedrigen Dächer der Stadt springen, während sie auf Antwort wartete. Die gemeinsamen Bekannten verwiesen sie an andere, die nur ihrem Bruder näher vertraut gewesen waren, halfen aber auch selbst und erzählten ihr Geschichten über den Verstorbenen, die sie nicht kannte. Das meiste bezog sich auf Erspieltes. Eine Antwort auf das Warum würde sie auch hier nicht finden, das war ihr klar, aber sie war dankbar für alles, was sie hier erfuhr.

Sie hatte ein wenig davor gezögert, Kazrog anzusprechen, tat es dann schließlich aber doch. Kazrog, hinter dem man einen portugiesisch-deutschen Geschäftsmann vermutete (er gab es nicht selbst von sich preis, nur sein Akzent im Voicechat und sein Verhalten legten diese Vermutung nahe), galt als streitbare Autorität auf dem Server und war Vorsitzender einer der einflussreichsten Spielergilden, der nicht zuletzt seinetwegen ein Ruf des Exzentrischen anhaftete. Als Kazrog von den Ereignissen erfuhr, antwortete er sehr verständig und zuvorkommend, bedauerte Nara um ihren Verlust.

`[Kazrog flüsterte]: Niemand kann so etwas voraussehen, ich meine, wir haben das ein oder andere Mal länger miteinander geschrieben, er schien mir immer`

irgendwie sehr jung, aber er hatte Köpfchen!
[Nara flüsterte]: ja, ich weiß, danke - ich habe mich immer bemüht, weißt du? unsere eltern leben nicht mehr.
[Kazrog flüsterte]: Ja, das hat er mir mal erzählt.
[Nara flüsterte]: und ich hab dann eben versucht, dafür zu sorgen, dass er … na ja, durchs leben kommt …
[Kazrog flüsterte]: Dann wäre es auf jeden Fall passiert. Besonders ohne dich! Du weisst ja gar nicht, wie viel Zeit du ihm gegeben hast.
[Nara flüsterte]: was meinstdu ?!
[Kazrog flüsterte]: Na, dass er es vielleicht schon früher getan hätte ohne dich. Wahrscheinlich sogar.
[Nara flüsterte]: hm…
[Kazrog flüsterte]: Du, sag mal, während wir reden - hättest du vielleicht Lust, uns schnell zu helfen? Wir bräuchten noch eine Heilerin :)

Conny brauchte nur kurz, um sich wieder einzugewöhnen. Die Ausrüstung war nicht mehr im besten Zustand und eines der Gruppenmitglieder wies sie zurecht, weil sie schrieb, und Nara sich längere Zeit nicht vom Fleck bewegt hatte, als sie eigentlich hätte eingreifen sollen, doch Kazrog verteidigte sie vor den anderen; und nachdem sie instinktiv einen der Mitstreiter rettete, der einen Fehler begangen und zu lange in ätzender Säure gestanden hatte, beklagte sich keiner mehr über die neue alte Gefährtin.

Nara begann, sich ihnen öfters anzuschließen, kürzere Ruhepausen einzulegen und auf der Suche nach neuen Gegenständen Gebiete zu erforschen, die ihr vormals unbekannt waren. Den hölzernen, am vorderen Ende mit einem grünen Kristall versehenen Stab geschultert, oder auf dem Rücken ihrer gepanzerten Reitbestie zog sie umher, den Geruch nach Weizen, Regen oder Schwefel in den Nüstern, schloss sich Kazrog an, wenn er sie brauchte, und etwas Körperloses, das ihr Sicherheit gab, half ihr bei jeder ihrer Bewegungen.

Conny nahm langsam ihr Leben wieder auf, soweit es ging; viele Dinge aber mied sie instinktiv, das Haus stellte sie zum Verkauf, und wenn sie abends auf dem Heimweg war, und sich ihr Magen mit jedem Schritt ein wenig weiter zusammenzog, passierte es, dass sie umdrehte und durch die Stadt ging, ziellos, während Nara schlief oder wartete. Conny arbeitete nicht mehr, begann allerdings mit Sport, Volleyball, danach Handball, wo sie einen jungen Mann aus dem Verein kennenlernte, Nicolas, ein brünetter VWL-Student, mit dem sie ein paar Wochen lang ausging. Eines Tages rief er nicht mehr an, sie redete sich ein, zu stolz zu sein um ihm nachzurennen. Somit war die Geschichte vom Tisch. Die toten Zeiten, und davon gab es nicht wenige, füllte sie mit Nara auf, die jetzt zweimal die Woche mit Kazrog mitging, um ihr Volk von den allgegenwärtigen Bedrohungen zu befreien und ihre Fähigkeiten weiter zu steigern.

Es gelang ihr immer besser. Wenn sie die Hand hob, standen ihre Gefährten auf, die sich vorher mit verzerrten Gesichtern auf dem Boden gewunden hatten. Nachts saß sie mit ihnen vor hohen orangeroten Feuern, starrte in die züngelnden Flammen, die sie wärmten, und merkte, dass dieses Leben ihr gefiel.

Das Haus wurde verkauft, ein älteres lesbisches Paar wollte das Geld in kleinen Raten überweisen, worauf Conny einwilligte. Sie verpflichtete sich, binnen zweier Monate ausgezogen zu sein, das gesamte Haus wurde, von ein paar wenigen Ausnahmen abgesehen, möbliert übernommen. Conny war bisher nicht auf Wohnungssuche gewesen und musste jetzt damit beginnen, während Nara Geld anhäufte, das sie durch ihre Heilungen erhielt, abgezogen die täglichen Tränke, die sie benötigte und die Kosten für die Instandhaltung ihrer Rüstung, die je hochwertiger die Gegenstände wurden, natürlich immer stärker ins Gewicht fielen. Zusätzlich verwandte Nara ihre freie Zeit darauf, exotische Tiere zu fangen oder die Formeln für deren Beschwörungszauber zu erlernen und zu verkaufen. Sie lieh sich Geld von Krullar, einem Grünling mit rohem, fleischigem Gesicht, einem struppigen braunschwarzen Bart und grotesk dicken Augenbrauen. Sein muskulöser Körper war halb von stählernen Rüstungsteilen bedeckt, die mit Flugrost besprenkelt waren. Sie hatte ihn wieder und wieder zurückgeholt, seine Wunden versiegelt und mit Salben bestrichen; er wollte sich erkenntlich zeigen, knüpfte seine Leihgabe aber an die Bedingung, in ihrem Hof unterkommen zu können, wenn er in der Nähe war. Nara musste nicht viel nachdenken, sie willigte ein und er nahm ihre drei felligen Finger so kräftig in seine grüne Hand, dass sie sie danach wiederholt ausstrecken und gegen den Handballen drücken musste, um den Schmerz zu vertreiben.

Die Wohnungssuche verlief schleppend, sie hatte die Raten für den Hausverkauf zu gering angesetzt, konnte sich deshalb komfortabel nichts Größeres leisten, gleichzeitig wollte Conny nicht in ein Loch ziehen, wieder einmal wegen ihres Stolzes, und bei zwei WGs war sie zu Gesprächen eingeladen und abgelehnt worden.

Trotz allem konnte sich Nara nicht gegen das Gefühl wehren, von irgendetwas umklammert und niedergehalten zu werden. Manchmal, wenn sie gerade nichts tat oder Unterredung mit ihren Naturgeistern pflegte, bildete sie sich ein, dass etwas unter ihrem Fell zu gären begann, der eigene Körper wurde ihr eng und manchmal – aber darin steigerte sie sich wohl nur hinein – fühlte sie ein unangenehmes Prickeln im Nacken oder auf Teilen ihres Gesichts. Der Drang zu heilen wurde dann in ihr übermächtig und sie stürzte sich mit doppeltem Eifer in die Kämpfe, nach Lob heischend, das ihr von den anderen meistens auch zugesprochen wurde.

Tag für Tag strich Conny aus ihrem Taschenkalender heraus, Tage, an denen sie keinen Fortschritt mit den Wohnungen machte; Nächte, in denen sie durch die Clubs streifte, One Night Stands mit Männern suchen ging, die sie zurückwiesen oder nahmen. Als ihr klar wurde, dass ihr niemals genug Zeit bliebe, noch etwas zu finden, ließ sie die ihr verbliebenen Möbel einlagern und buchte sich in eine Jugendherberge ein, in der es nach Reinigungsmitteln und Hotelbettlaken roch. Sie hatte dort zwar eine Dusche, aber weder Festnetzanschluss noch Fernseher, das Bett war unbequem, der Kleiderschrank lächerlich winzig. Die W-LAN-Verbindung funktionierte dermaßen schlecht, dass sie kaum fünf Minuten am Stück online gehen konnte. Wieder und wieder hämmerte sie auf F5, schlug mit der Faust auf den Beistelltisch oder trommelte mit den Fingern am Rand des Bildschirms. Zweimal am Tag gab es Buffet-Essen mit gesüßtem Instantsaft, der ihr auf den Magen schlug, und eines Nachts, während sie schlief, versuchte ein besoffener Teenager, in ihr geöffnetes Fenster einzusteigen.

Die Baumaßnahmen am Hof verliefen problemloser, als Nara es erwartet hatte. Sie hatte zwei Trolle angeheuert, Krullar half mit seiner Bärenstärke, wo er konnte. Eines Tages rief Kazrog sie zu sich. Er stand mit verschränkten Armen vor drei jungen Druiden, halbe Kinder noch, mit schüchternen Augen und glatten Gesichtern. Sie trugen einfache, gelbbraune Kapuzen und die Reitbestien, auf denen sie saßen, wirkten nicht besonders kräftig. Kazrog nahm Nara beiseite und fragte sie, was sie von den Burschen halte. Sie stand ihm Rede und Antwort, und da ihr Urteil zuletzt positiv ausfiel, unterstellte er sie ihr; sie sollte sie anleiten, nach und nach ihre eigene Aufgabe zu übernehmen. Für sie, sagte Kazrog, habe er etwas Neues vorgesehen. Er eröffnete ihr, dass er einen neuen Schlachtentrupp gründen wolle, sie solle darin Kriegerin werden und das Heilen den Jungen überlassen. Etwas unsicher, aber allein schon aus Loyalität, willigte sie ein und es vergingen nicht mehr als ein paar Tage, bis sich Nara dafür erwärmt hatte, kraft ihrer Konzentration die Geister, über die sie herrschte, auf ihre Gegner einstürmen zu lassen, hinter der Eisenwand der Kämpfer mit ihren Händen grüne Blitze zu formen oder Dornenranken aus Wand und Boden sprießen zu lassen, die diejenigen würgten, die zu würgen sie ihnen gebot. Wenn sie einmal verletzt wurde, standen die Jungen hinter ihr und versiegelten ihre Wunden.

Es dauerte genau eine halbe Woche. Dann kam Conny vom Einkaufen zurück in den Herbergsflur, fand ihre Tür mit vier gezielten Schraubenzieherstichen aufgehebelt und ihr Zimmer leergeräumt. Sowohl ihr Schmuck als auch das Notebook und das Handyladegerät waren weg. Sogar eine Packung Äpfel und zwei Tüten Chips. Die hinzugezogenen Polizisten machten Fotos und ließen sie einige Formulare ausfüllen, bevor sie wieder gingen. Die Herbergsleitung erließ ihr die Übernachtungskosten, doch sie checkte sofort aus. Conny wusste, sie würde in nächster Zeit das Büro irgendeiner Versicherung anrufen müssen, aber gegenwärtig erschien ihr das unwichtig. Alles, was wichtig war, waren der aprikosenfarbene Rollkoffer, den sie hinter sich über den Parkplatz herschleifte und die halbmondförmigen Wunden auf ihrem Handteller, die sie sich mit ihren eigenen Nägeln beibrachte, als sie die Linke mit aller Kraft zur Faust geballt hielt.

Selten hatte sich Nara so befreit gefühlt. Krullar saß ihr gegenüber am Tisch des Haupthauses, das nun endlich fertig war, mit seinen Holzdielen, deren Knarzen sie liebte, und den hohen weiten Räumen, in die das Sonnenlicht fiel. Das Dach hatten sie mit hellroten Schindeln gedeckt, Krullar war dabei so gewissenhaft und behutsam vorgegangen, wie sie es bei ihm nie zuvor gesehen hatte. Überhaupt hatte sie ihn gern um sich, musste lachen, wenn er seine zotigen Späße machte und in den Nächten tat es ihr gut, sein Schnarchen aus dem Nebenzimmer zu hören, auch wenn er sie manches Mal damit weckte. Sie kochte für ihn, und es wurde ihr zur Selbstverständlichkeit, dass sie für ihn wusch oder nähte, während er ihr im Gegenzug bei der Feldarbeit half. Eines Morgens, als er noch schlief, öffnete sie vorsichtig die Tür zu seinem Zimmer, und als sie bemerkte, wie wohlig ihr zumute war, während sie ihm beim Schlafen zusah, beschloss sie, ihn später zu fragen, ob er nicht für immer bei ihr bleiben wolle. Sie ging hinaus durch den Flur, an dessen Wand ihr Kampfstab lehnte und übermütig mit seinem Kristall funkelte, trat ins Freie und sah in den Himmel – voller Dankbarkeit für ihr Leben.

# *Paintball*

## 1

Maddie lehnte sich zurück, sodass ihr Hinterkopf das Glas der Rückscheibe berührte. Mit dem Zeigefinger schob sie ihre Sonnenbrille näher vor die Augen. Ihr Haar flatterte im Fahrtwind und unter ihrem Top lugte ein Streifen ihrer gebräunten Haut mit dem kleinen Bauchnabelpiercing hervor, das in der Sonne glitzerte. Sie bat Charlie, den Engländer, der sich links von ihr sonnte, ihr ein Bier aus seinem Rucksack rüberzugeben. Die beiden Deutschen ihnen gegenüber, Tobi und Stefan, unterhielten sich über Fußball. Die vier saßen auf der Ladefläche des roten Pick-Ups eines Einheimischen, der sie am Kiosk einer entlegenen Bushaltestelle aufgelesen hatte. Es war später Vormittag und die Sonne brannte auf die Landstraße herab, die sich an tropischen Bäumen und Zuckerrohrfeldern vorbeischlängelte. In dieser abgelegenen Gegend kam ihnen kaum ein anderes Fahrzeug entgegen. Das Radio aus der Fahrerkabine war bis zum Anschlag aufgedreht und spielte Sambamusik, zu der Maddie leicht ihren Oberkörper hin- und herbewegte, sobald ihr eines der Lieder gefiel. Der Fahrer mit seinem Strohhut und dem grauweißen, etwas fleckigen Hemd trommelte mit der rechten Hand zum Takt auf das Lenkrad. Charlie ließ seinen linken Arm über das Außenblech des Pick-Ups baumeln und fragte, wer von den anderen Sonntag auf die Party im *Coconut* gehen wolle. Maddie und Tobi bejahten, nur Stefan blieb ihm die Antwort schuldig.

– Hat schon jemand von euch was von der Uni gehört, also wegen der Formulare?, fragte er.

Maddie drehte ihren Kopf zu ihm herüber und begann mit ihrem starken italienischen Akzent zu schimpfen.

– Ich glaub's ja nicht, kannst du nicht einmal aufhören von ernsten Sachen zu sprechen? Wir haben Ferien, *Madonna mia.*

Darauf erwiderte Stefan nichts mehr und kramte in seinem Rucksack. Tobi grinste zu ihr herüber und Maddie, die eigentlich Maddalena hieß, ließ ihn wie immer einen Augenblick auf glühenden Kohlen sitzen, bevor sie zurücklächelte. Wo Anders und Vivi wohl stecken?, fragte Charlie. Die hätten sicher was gefunden, warf Tobi ein. Die vier hatten sich am Kiosk von ihren beiden Freunden getrennt, weil nicht alle gemeinsam auf den Pick-Up gepasst hätten, Anders und Vivienne, die Tschechin war, obwohl ihr Name so französisch klang, wollten mit der nächsten Gelegenheit nachkommen. Dort, wo sie hinwollten, fuhren keine Busse mehr und sie waren aufs Trampen angewiesen, um überhaupt vorwärtszukommen. Maddie gähnte und nahm noch einen großen Schluck Bier.

– Pass auf, sagte Charlie, sonst triffst du nachher nichts mehr.

– Für dich reicht es allemal, kicherte Maddie, schließlich bin nicht ich diejenige, die seit ihrer Ankunft fünf Kilo zugelegt hat.

– Wie du bei dieser Hitze überhaupt essen kannst, warf Stefan ein, ist mir ein Rätsel.

– Alles Training, gab Charlie zurück. Außerdem wiege ich immer noch weniger als das durchschnittliche Mädchen drüben in der Stadt.

– Das stimmt leider. Kein Wunder, dass alle Welt Maddie hinterherguckt, wenn wir da irgendwo hingehen, seufzte Tobi.

Maddie reagierte nicht darauf. Stattdessen fragte sie:

– Hat das hier eigentlich schon irgendjemand von euch gemacht?

– Einmal, sagte Stefan, aber auf ’em Feld, das ist natürlich was ganz anderes.

Es dauerte nicht mehr lange, und der Pick-Up hielt am Straßenrand, wo eine kleine Abzweigung in den Wald führte.

– Wir da, sagte der Fahrer.

Die vier kletterten von der Ladefläche, bedankten sich und Maddie schenkte ihm ihr schönstes Lächeln. Ohne sie, dachte Tobi, würden wir nicht halb so oft mitgenommen. Er spürte, wie Eifersucht in ihm hochstieg und versuchte, das Gefühl zu unterdrücken.

Als der alte Pick-Up ächzend wieder losgefahren war, machten sich die vier auf den Weg in den Wald hinein. Sie hofften, Anders und Vivi würden nicht zu lange auf sich warten lassen. Charlie stahl sich eine Orange von einem umzäunten Baum neben einer heruntergekommenen Wellblechhütte am Wegrand.

– Wahrscheinlich haben die Leute hier nicht mal fließendes Wasser, sagte Maddie.

– Hey, ich dachte, keine ernsten Themen?, entgegnete Stefan.

– Genau, stimmte Charlie zu, biss die Schale auf, steckte sich ein Orangenstück in den Mund und gab die Frucht dann weiter. Die anderen bedienten sich.

Im Geäst der höheren Bäume saßen bunte Vögel, die mit den Flügeln schlugen und wild durcheinander zeterten. Licht- und Schattenflächen tänzelten unruhig und ohne scharfe Konturen über den Boden.

– Kann man sich einen solchen Ort vorstellen?, meinte Tobi.

Charlie und Stefan grinsten einander an, Tobi galt als der Sunnyboy unter ihnen, der mit der Gitarre und den meisten Gerüchten. Dass er so ins Schwärmen geriet, amüsierte die anderen.

Aus Maddie wurden sie alle drei nicht schlau. So ziemlich jeder gestand den anderen Jungs an irgendeinem Abend, sobald der Alkohol eine vertrauliche Stimmung erlaubte, wie verliebt er in sie war, und wie sie mit ihm geflirtet habe. Dass Maddie in Italien einen festen Freund hatte, von dem sie regelmäßig erzählte, und immer sofort auf Abstand ging, wenn einer der Jungen den ersten Schritt machte, war die andere Seite der Medaille.

– Haben wir noch Bier?, fragte Stefan.

Charlie lachte:

– Du vergisst, dass du mit einem Engländer hier bist, *bud.*

Sie kamen an eine Wegkreuzung, an der verstreut ein paar Hütten standen, eine kleine Bar bildete das Zentrum. Drei Leute saßen dort und tranken Rum aus schmutzigen Gläsern. Charlie fragte, in welche Richtung sie gehen müssen, um zum Spielfeld zu gelangen. Der Wirt, ein Stofftuch über der Schulter, zeigte wortlos in eine Richtung, und Charlie bedankte sich.

Von da an wurde der Pfad hügeliger und unwegsamer, Stefan stand bald der Schweiß auf der Stirn. Hier würde man mit keinem normalen Auto mehr hinaufkommen, dachte er sich. Zwei bis drei Kilometer hatten sie jetzt sicher schon zurückgelegt, eine nächste, eine übernächste Verzweigung kam, sie entschieden sich, einfach weiter geradeaus zu gehen.

– Das ist ein verfluchter Irrgarten, murrte Tobi.

– Ja, so eine Landschaft lässt sich wirklich nicht ausdenken, gab Charlie zurück.

– Halt bloß die Klappe, Charlie.

Sie kamen an eine Stelle, die nicht ganz so dicht bewachsen war, überquerten einen kleinen Bach über eine Betontrasse und stießen schließlich auf ein mit weißer Farbe bemaltes Schild – *Attention! Paintball field, private area. Access on your own risk.* Das war es, sie waren richtig, und sie waren als Erste angekommen.

– Also dann, mal schauen, wann die andern auftauchen, meinte Maddie, Zeit genug werden wir wohl haben. Und sie setzte sich auf die unregelmäßig mit Gräsern und Farnen bewachsene Erde am Wegrand. Die anderen taten es ihr gleich, Tobi packte ein Sandwich aus und begann zu essen.

– Ein wenig Schiss hab ich ja schon, gab Maddie zu, Stefan, du bist dir sicher, dass das nicht weh tut?

– Ja, ganz sicher, meinte Stefan. Du kriegst einen Helm und eine Weste. Unangenehm wird's nur, wenn sie dich seitlich treffen. Das zieht ein bisschen, aber mehr nicht. Die eine große Gefahrenzone bei dem Spaß fehlt dir ja.

Maddie verzog kurz die Mundwinkel. Auch die anderen hatten zu essen begonnen. Nach gut vierzig Minuten kam eine Gruppe aus etwa zehn Mitspielern, die sich irgendwo auf dem Weg zusammengefunden hatten. Unter ihnen waren auch Anders und Vivienne, die den vier anderen zuwinkten.

Charlie, Tobi, Stefan, Maddie, Anders und Vivi waren Teil einer internationalen Studentengruppe aus ganz Europa, einhundertachtzig angehende Mediziner, die in ihren Heimatländern noch nicht praktizieren durften. Stattdessen gingen sie hierher, wo Ärzte dringend gebraucht wurden und sie Erfahrung sammeln, ihre ersten Operationen durchführen konnten und zum ersten Mal das Erlebnis machten, einem Patienten das Leben zu retten oder ihn auf dem Tisch zu verlieren. Es half ihnen außerdem, in der Realität anzukommen, in der die Krankenhäuser stanken, die Patienten keine Schauspielstudenten waren wie im Studium an der Heimuniversität, die dafür bezahlt wurden, dieses und jenes Symptom zu imitieren. Hier mussten sie lernen, wie man improvisiert, wenn es um Leben und Tod geht. Jetzt hatten sie allerdings Ferien, zwei Wochen, und es verging eigentlich kein Tag, an dem sie nicht umherzogen, um Spaß zu haben und etwas von ihrer neuen Umgebung zu sehen. Sie waren hergekommen, um Abenteuer zu erleben, und manche von ihnen suchten nach den Geschichten, die sie später über ihre Jugend erzählen würden, nach Leidenschaften, in die man sich zurückträumen konnte, wenn einem das Stadtleben zu viel wurde. Die meisten unter ihnen waren nicht besonders reich, oder fühlten sich zumindest nicht so, es war für sie so wie eine etwas exklusivere Form eines Auslandssemesters.

Wer von ihnen auf die Idee gekommen war, Paintball spielen zu gehen, wusste eigentlich keiner so richtig, es war irgendwann ständiges Kantinen- und Wohnheimgespräch geworden, bis sich ein paar Leute entschlossen hatten, alles zu organisieren. Schließlich wurden es zwei Teams mit je zwölf Spielern hier draußen im Nirgendwo, der Mann mit dem Jeep und den Waffen war für halb drei bestellt und im Voraus bezahlt worden – in Euro, darauf hatte er bestanden.

Nach und nach kamen immer mehr Studenten in kleinen Grüppchen dazu. Vom Gesicht her kannten sich die meisten, aber bei den Namen hörte es manchmal schon auf. In den Wohnheimen lief man sich über den Weg, aber nur wenige arbeiteten auch wirklich in den Krankenhäusern miteinander, und diese Wenigen hatten Cliquen gebildet, die viel öfter unter sich blieben, als sie sich vornahmen. Charlie und Tobi waren der gleichen Station zugeteilt worden und hatten sich miteinander angefreundet; letzterer kannte Stefan aus Deutschland. Anders, der kurz nach seiner Ankunft mit Vivienne zusammengekommen war, hatte im Wohnheim das Zimmer gegenüber, und Maddie war dazugekommen, weil sie sich, wie sie sagte, bei ihnen einfach wohler fühle als bei den anderen.

Es war bereits zehn vor drei und Vivi hatte mehrmals versucht, den Mann anzurufen, aber kein Handynetz bekommen. Schließlich kam er aber doch. Der bullige Geländewagen in Camouflage-Lackierung, aus dem er stieg, wirkte wie eine ungesunde Mischung aus Einsatzfahrzeug und Litfaßsäule. Überall an der Karosserie prangten Werbeslogans und das Firmenlogo mit zwei überkreuzten Luftdruckgewehren machte einen unfreiwillig komischen Eindruck. Der Mann selbst war Mitte vierzig und dass er früher einmal in guter Form gewesen war, konnte man sehen. Inzwischen hatte er jedoch Fett angesetzt und überließ es offenbar lieber den anderen, sich zu bewegen. Er entschuldigte sich knapp für die Verspätung, fragte, wer den Termin organisiert hatte, schüttelte der betreffenden Person die Hand und ließ dann eine Liste herumgehen, in der man per Unterschrift verzichtete, Rechtsansprüche an ihn zu stellen, wenn sich einer verletzte. Dann öffnete er den Kofferraum und verteilte Gewehre, Masken, Schutzwesten und längliche Munitionszylinder.

In erstaunlich gutem Englisch erklärte er die Regeln: Keine Schüsse unter zehn Meter, wenn man getroffen wurde, mit erhobenen Händen zum Geländewagen zurück und vor allem niemals die Maske im Feld abnehmen, wenn sie nicht vorhatten, den Krankenhausalltag von der anderen Seite zu erleben.

– Es ist ja schließlich Krieg, lachte der Mann.

Dann nahm er eines der Gewehre, zeigte, wie man durchlud und schoss auf einen Baum in gut vierzig Metern Entfernung. Die Kugel zerplatzte klatschend am Stamm und rosafarbener Kreidestaub wirbelte auf. Stefan entgleisten die Gesichtszüge.

Maddie sah das, starrte kurz die Einschussstelle an und fragte Stefan dann:

– Und du bist dir ganz sicher, dass das nicht weh tut?

Stefan antwortete nichts. Stattdessen grinste der Spielleiter sie an:

– Ja, hier doppelter Druck, nicht so wie auf den Turnierfeldern. Braucht man aber, sonst trifft man nichts. Tut nicht sehr weh, keine Sorge, man gewöhnt sich dran. Nur der Staub geht vielleicht nicht ganz so leicht raus.

Während Maddie und die anderen sich fragten, was er genau mit ‚man gewöhnt sich dran' gemeint hatte, wurden sie aufgefordert, Teams zu bilden. Natürlich blieben die sechs zusammen und ihnen schlossen sich zwei Dreiergrüppchen an, die sich untereinander wohl ganz gut kannten, aber mit keinem der sechs bisher mehr als ein paar Sätze gewechselt hatten. Die Westen waren doppelt beschichtet, die eine Seite mit Tarnmuster, die andere schwarz. Ihr Team bekam die Seite mit dem Tarnmuster zugewiesen, und die, die sich falsch angezogen hatten, schlugen ihre Westen nach Innen um. Alle sollten sich in einer Reihe aufstellen und auf denselben Baum zielen, der schon eine rosa Markierung abbekommen hatte. Dann befahl der Spielleiter ihnen, schnell hintereinander drei Schüsse abzugeben. Sofort war die Luft erfüllt vom Zischen der sich entladenden Druckluftzylinder, überall in einem großen Gebiet um den Baum, schlugen die Kugeln ein und einige wunderten sich darüber, wie kräftig der Rückstoß war. Dann legten sie den Sicherungshebel der Waffen wieder um.

Langsam wurde es ernst, die Teams machten untereinander geheime Handzeichen aus, um sich durch den Wald bewegen zu können, ohne sprechen zu müssen. Der Spielleiter gab einem aus dem schwarzen Team ein Funkgerät und nahm die anderen mit auf das Spielfeld. Mit jedem Schritt, der vom Weg wegführte, wurde der Wald wieder dichter, an den Seiten schmaler, natürlicher Pfade war der Bewuchs so dicht, dass es fast unmöglich sein würde, dort geräuschlos durchzukommen. Tobi und Charlie redeten miteinander, Maddie sah sie böse an, als würden sie dem Feind dadurch ihre Position verraten.

Nach drei Minuten gelangten sie an eine Felsformation, die gute Deckung bot. Der Spielleiter drehte sich zu ihnen um und sagte:

– Zehn Sekunden.

Die Studenten entsicherten ihre Waffen wieder, dann wurde die Partie freigegeben, und ehe sie es sich versahen, fanden sie sich allein in ihrer Stellung wieder. Sie wussten, dass ihre Gegner auf dem Weg waren. Einer aus dem Team schlug vor, einfach in dieser Stellung zu bleiben, aber er wurde überstimmt und sie setzten sich in Bewegung. Charlie und die anderen aus der Clique beschlossen, nahe beieinander zu bleiben. Ein Spanier in olivfarbenen Klamotten ging voraus, hielt

Ausschau und presste den Zeigefinger warnend vor den Maskenmund, als sich einer aus der Truppe seiner Meinung nach zu laut bewegte. Kein Spieler konnte die Gesichtsausdrücke seiner Mitstreiter hinter dem schwarzen Plastik erkennen und niemand wusste, ob er mit dem etwas mulmigen Gefühl, das ihn beschlich, alleine dastand. Es war sogar schwierig zu erkennen, wer eigentlich wer war.

Auf einmal hörten sie einen Schuss fallen, dann einen weiteren, und der Spanier gab Handzeichen, in Deckung zu gehen. Während die anderen in die Knie gingen und sich hinter Bäumen oder kleineren Felsen duckten, fand Maddie erst keine Deckung, ging zwei Schritte unschlüssig zwischen den Stämmen umher, bis einer sie zu sich winkte und sie ohne zu zögern lossprintete.

Einige Zeit blieben sie so in Deckung, dann aber begann einer, Handzeichen in Richtung Front zu machen. Ein anderer knickte die Hand um, zeigte mit seinen Fingerspitzen auf seinen Hals und schüttelte sie heftig, um sein Nein anzuzeigen. Als der Erste nicht aufhörte, nach vorn zu winken, stieß Vivi zischend einen Fluch auf Tschechisch aus und sie musste mit ansehen, wie die Hälfte ihres Teams aufstand und losstürmte. Die anderen blieben völlig überrascht zurück, und als auch sie die Deckung verließen, hatten sie den Anschluss nach vorn verloren.

Das Team wurde niedergemacht; noch während die Spieler versuchten, sich neu zu formieren, hatten die Schwarzen die Verwirrung genutzt, und auf den Tarnwesten hatte sich großzügig rosa Farbstaub verteilt. Die meisten wussten noch nicht einmal, wo genau die Schwarzen gewesen waren. Maddie hatte einen Treffer am Bein abbekommen und fluchte, aber sie war erstaunt, wie wenig die Kugel tatsächlich weh getan hatte.

– Wenn ich den Scheißkerl erwische! polterte einer von drüben, der am Hinterkopf getroffen worden war und nun versuchte, das Rosa aus seinen Haaren herauszubekommen.

– Tja, so 'n Krieg ist schon 'ne schlimme Sache, spottete Charlie, und das Team ging zum Ausgangspunkt zurück.

Die zweite Runde lief schon viel besser. Maddie erledigte einen Gegner, die Getarnten hätten beinahe gewonnen, und im dritten Match, bei dem der Spielleiter die Entfernungen vergrößert hatte, gelang es ihnen, die Schwarzen so im Sperrfeuer zu binden, dass die vier Schützen, die über die Flanken kamen, leichtes Spiel mit ihnen hatten.

Die nächsten Spiele wurden mit verschiedenen Szenarien ausgetragen, mal musste eine „Eingreiftruppe" mehrere „Sträflinge" verfolgen, dann wieder musste die eigene Fahne mit allen Mitteln verteidigt werden, und mit steigender Erfahrung agierten die Teams immer taktischer, die Handzeichen wurden routinierter und der Spielleiter konnte die Entfernungen immer weiter vergrößern. Das Feld schien beinahe endlos zu sein. Als es darum ging, eine feindliche Stellung auszuheben, die nur schwer einzusehen war, beschloss einer der Spieler, der jetzt fest das Kommando übernommen hatte, das Team aufzuteilen, damit vier von ihnen in einem weiten Bogen um den Feind herumgehen und von hinten zuschlagen konnten.

Sofort meldeten sich Charlie, Anders und die beiden Deutschen, die schon im nächsten Moment losspurteten. Die vier versuchten, ihren Kreis so weit wie möglich zu ziehen, damit keiner der Schwarzen sie sehen konnte, aber offenbar hatten das noch nicht viele Spieler versucht, denn dort, wo sie jetzt gingen, war das Gestrüpp viel dichter als auf dem Rest des Feldes. Tobi verhedderte sich mit seinem Druckluftkolben in einem Busch und während er versuchte, seine Waffe aus den harten, gezackten Zweigen zu befreien, standen die anderen völlig ohne Deckung daneben. Obwohl sie inzwischen weit genug weg sein mussten, traute sich keiner, auch nur zu flüstern. Immer weiter drangen sie an die Flanke vor, die anderen würden warten, bis sie ihre Schüsse hörten. Stefan wurde zusehends ungeduldiger, die Zeit verstrich und sie kamen nur sehr langsam voran. Häufig kam es vor, dass ihre Schuhe den Halt verloren und sie sich an der Schulter des Vordermanns festhalten mussten. Als sie sich wieder nach rechts umwandten, fanden sie sich vor einer Anhöhe wieder, die sie unmöglich beklettern konnten.

– Wir sind doch nicht der *fucking* Vietcong!, fluchte Anders, der sich sicher war, dass ihn hier draußen unter Garantie kein Schwarzer mehr hören konnte.

Dann zeigte er in die Umgebung.

– Das Baumdreieck und der Felsen da; merkt euch das!

Die vier gingen also schlecht gelaunt die Anhöhe entlang und fragten sich, ob die anderen jetzt überhaupt noch warteten.

– Ganz tolle Nummer, maulte Tobi unwillkürlich in Stefans Richtung, der hinter ihm stand.

– Ja wer führt uns denn hier? Ich sicher nicht, gab Stefan auf Deutsch zurück. Dann sprach er wieder Englisch:

– Schlechter hätten unsere Mädels das auch nicht hinkriegen können.

– Haltet die Klappe und lauft, meinte Anders.

Schließlich fanden sie eine Stelle, an der sie klettern konnten, doch weil sie ja nun eine ganze Strecke zu weit gelaufen waren, mussten sie, oben angekommen, wieder zurücklaufen. Wenigstens war der Weg hier besser und sie kamen etwas zügiger voran. Doch von der Stelle, an der sie vorhin auf die Anhöhe gestoßen waren, von Felsen und Baumdreieck war nichts zu sehen, und als sie irgendwann nach links einbogen, taten sie das bereits auf gut Glück und in dem Wissen, sich völlig verirrt zu haben.

Es dauerte fast eine Dreiviertelstunde, sie fanden weder die Stellung noch den Ausgangspunkt mit dem Geländewagen, als sie plötzlich den Spielleiter nach ihnen rufen hörten. Als sie ihn sahen, fluchte und schimpfte der. Sie hätten das Spielfeld verlassen. Was alles hätte passieren können, wenn sie irgendwo außerhalb mit ihren Waffen gefunden worden wären – lebensecht genug seien die ja allemal. Ihm standen die Schweißperlen auf der Stirn, ob durch die Bewegung oder die Aufregung, ließ sich nicht genau sagen. So etwas sei ihm noch nie passiert, maulte er immer wieder, während er vorausging und sich zu seinen Seiten die Umgebung veränderte, bekannter und vertraut wurde.

Als sie schließlich beim Geländewagen ankamen, waren insgesamt eineinhalb Stunden vergangen. Maddie und Vivi saßen plaudernd auf dem Weg, beide mit Orangen in der Hand, und empfingen die wieder Aufgetauchten mit einem breiten Grinsen. Maddies Hose war rosarot gefleckt vom Staub mehrerer Treffer. Alle anderen waren schon längst gegangen und der Spielleiter bestand darauf, dass die vier die Zeit auf dem Spielfeld nachzahlten. Mürrisch kramte Charlie im Rucksack auf der Rückseite des Wagens, fand, was er suchte, und schrieb dem Mann einen Scheck. Der sammelte seine Waffen und die Schutzkleidung ein, verstaute alles, und fuhr los, ohne auf Vivis Frage einzugehen, ob er sie vielleicht bis zur nächsten befestigten Straße mitnehmen könnte.

– Fuck, spie Charlie aus, das war das Essen für nächste Woche!

– Unser größeres Problem, meinte Maddie, ist, dass wir hier auf keinen Fall den letzten Bus schaffen werden. Ich weiß nicht mal, ob wir in der Gegend so spät noch wen finden, der uns mitnimmt.

## 2

Genau wie sie befürchtet hatten, hielt niemand für sie an. Die Autos, die jetzt in Richtung Stadt fuhren, ignorierten sie völlig, einmal bremste einer ab, sah sie skeptisch an und trat dann wieder aufs Gas. Die Jungs hatten sich irgendwann abseits ins Gras gesetzt, spielten Karten, stritten und vertrugen sich wieder und schickten Maddie und Vivi vor. Von drüben hörten sie die Italienerin fluchen, *madre mio*, und später *vaffanculo*, und die Sonne goss ihr hellrotes Licht über sie aus, während sie ab und zu versuchten, die Kreidestaubreste aus ihren Sachen herauszuklopfen.

Das Letzte, was sie wollten, war, hier im Freien zu übernachten.

– Wir sind voll am Arsch!, maulte Charlie gerade, als plötzlich auf der anderen Straßenseite ein Wagen hielt.

Eine Frau stieg aus und winkte ihnen zu. Sofort hatten sich alle in Bewegung gesetzt und die Straße überquert. Die Frau war klein, eine Einheimische mit glatten schwarzen Haaren und einem Gesicht, das bereits von einigen Falten durchzogen war. Nicht unfreundlich fragte sie, wohin sie denn wollten. Als ihr Charlie antwortete, gab sie zurück, sie führe zwar nicht mehr in die Stadt, aber sie könnte ihnen einen Schlafplatz in einem Dorf nicht weit von hier anbieten. Morgen früh würden sie dann sicher eine Mitfahrgelegenheit finden, die sie zurückbrächte.

– Wie sollen wir denn alle ins Auto passen?, fragte Vivi.

– Einer auf dem Schoß des anderen, grinste Tobi.

Sie berieten sich kurz, Stefan war der einzige, der dagegen war mitzufahren, aber weil er auf die Frage, was sie denn bitteschön sonst machen sollten, nichts zu erwidern wusste, stiegen sie schließlich ein. Anders nahm Vivi auf seinen Schoß, Tobi nahm Maddie, weshalb er von Charlie halb neidisch, halb spöttisch belächelt wurde. Der Wagen war alt und roch nach Hundehaaren und Diesel, aber er war geräumig genug, dass die Fahrt auch zu siebt erträglich war.

An einer kleinen Kreuzung bog die Frau, die sich als Aline vorgestellt hatte, von der Landstraße ab auf eine geteerte Straße ohne Mittelstreifen, die durch einige kleine Dörfer führte, bis sie nach einiger Zeit auch die verließen und einen Kiesweg nahmen, der von Bäumen und dichtem Gestrüpp flankiert war. Keines ihrer Handys hatte mehr Empfang. Als ihnen ein anderes Auto entgegenkam, musste Aline fünfzig Meter zurückfahren, bis sie an eine kleine Ausbuchtung kamen, wo der Fahrer des anderen Wagens an ihnen vorbei konnte. Schließlich gelangten sie an eine Lichtung, wo sie in einer kleinen Siedlung hielten, die aus einem guten Dutzend niedriger Favelas und halb so vielen Autos bestand, Kleinwagen, die meisten mit abgeplatzter Farbe und durchrostenden Kotflügeln. Eines der Gebäude war deutlich weiträumiger als die anderen, zwei Reihen Solarzellen waren auf dem Dach angebracht. In der Mitte der Siedlung stand ein gemauerter, überdachter Brunnen. Vor einer der Hütten spielten ein paar Mädchen Fangen, die sofort zu der Frau rannten, als sie sie sahen, ihr kaum Zeit zum Aussteigen ließen und sie stürmisch begrüßten. Unregelmäßiges Licht flackerte durch die Fenster der Hütten, einzig in der Favela mit den Solarzellen brannten offenbar elektrische Glühbirnen.

Aline führte die Europäer in eine der Favelas; ein Wohnzimmer mit niedriger Decke, an dessen Seite sich eine Kochnische befand, in der Mitte ein Tisch mit stählernen Beinen. Ein glatzköpfiger Mann saß dort, zur Verwunderung der Jugendlichen vor einem Notebook, und spielte *Diablo*. Als er aufsah, grüßte er wortlos mit der Hand und ließ sich von Aline, die offensichtlich seine Frau war, die Situation erklären.

– Entschuldigt bitte, sagte sie, mein Mann spricht kein Englisch oder sonst irgendeine Fremdsprache, sonst würde er euch auch anständig begrüßen. Wollt ihr was essen?

Vivi bejahte und bedankte sich, und Aline ging in einen kleinen, unbeleuchteten Raum, kaum eineinhalb Meter breit. Nach einer Minute kam sie mit einem Brot, Butter und drei Packungen Käse wieder, stellte sie auf den Tisch, schimpfte mit dem Mann – warum, verstanden sie nicht, aber er klappte schließlich das Notebook zu und legte es beiseite.

Erst jetzt, als sie aßen, löcherte Aline sie mit Fragen, wer und woher sie seien, was sie täten, und sie erzählte von der Siedlung, von sich selbst, und sie erfuhren, dass sie täglich in die Stadt ging, um in einem Hotel zu arbeiten, und ihr erwachsener Sohn bereits aus dem Haus war, weshalb sie allein mit ihrem Mann wohnte. Der sei ihr aber keine große Hilfe, sagte sie auf Englisch, sodass er sie nicht verstehen konnte, einen so faulen und spielebesessenen Kerl fände man kein zweites Mal.

Nachdem sie gegessen hatten, gingen sie hinaus, setzten sich auf einen Streifen Wiese und tranken Charlies letzte Biervorräte aus, von denen sie ihren Gastgebern nichts angeboten hatten. Sie redeten über dies und das, und irgendwann traute sich Tobi, den Arm um Maddies Schulter zu legen, und Maddie, hier in dieser unwirklichen Gegend, ließ es zu. Als sie zurückgingen, lagen die beiden Favelabewohner bereits drüben im Bett, aber die Frau hatte im gesamten Wohnzimmer Decken für sie ausgebreitet. Der Tag steckte ihnen in den Knochen und die meisten schliefen sofort ein. Nur Charlie trieb es aus irgendeinem Grund hinaus.

Kurze Zeit später richteten sich die grellen Scheinwerfer eines Geländewagens vom Kiesweg her aufs Dorf, dessen schwache Nachtlichter unruhig auf dem Fahrzeuglack waberten und das Metall der Verstrebungen aufblitzen ließen. Der Wagen hielt und drei vermummte Männer stiegen aus. Sie öffneten die Hintertüren, einer zog, einer schob, der dritte stand beim Ziehenden bereit – so hievten sie den reglosen Körper eines jungen Mannes heraus und trugen ihn zu einer der Hütten. Wortlos luden sie ihn an der Schwelle ab, klopften hart an die Tür, und bevor jemand aufmachte, waren die drei Männer schon wieder davongefahren.

Der entsetzte Schrei der Finderin weckte die halbe Siedlung; wer ihn im Schlaf nicht gehört hatte, wurde durch die Geräusche der anderen geweckt, die hinaus auf den Platz stürmten, in Unterwäsche oder Pyjamas, und wirr durcheinander redeten. Die, die nur noch einen Platz am Rande des Geschehens bekommen hatten, streckten sich, um einen Blick zu erhaschen und zu erfahren, was überhaupt los sei; die Vorderen begannen, laut zu streiten. Abseits dieser Menschentraube standen nur die Europäer, die sich eilig etwas angezogen und festgestellt hatten, dass Charlie nicht bei ihnen war. Auch sein Handy hatte bei seinen Sachen gelegen. Dann kam Aline zu ihnen, wie sie ein wenig verlassen vor der Favela mit den Solarzellen auf dem Dach standen, und stammelte:

– Ihr – ihr seid Doktoren, oder? Sie haben auf den Jungen geschossen. So viel Blut, oh Jesus, so viel Blut.

– Wer? Charlie?

– Nein, nicht Charlie, Gabriel, Ursulas Sohn, von drüben. Die ... sie suchte das Wort ... äh Nachbarn.

– Wir sind keine Doktoren, sondern Medizinstudenten, sagte Tobi.

Aline sah sie verwirrt an, so als kenne sie den Unterschied nicht.

Stefan, der sonst so Zögerliche, fasste sich als Erster und fragte, wo der Schuss denn eingedrungen sei.

– In den Bauch, antwortete Aline. Es blutet sehr stark.

– Dann muss er ins Krankenhaus! befahl Maddie.

Doch es gab keines in der Nähe, wie man ihr prompt mitteilte.

– Wir sehen ihn uns an, sagten Maddie und Anders beinahe gleichzeitig.

Maddie ergänzte:

– Ruft trotzdem sofort einen Krankenwagen! Gibt es hier irgendwo ein Telefon?

Aline schrie etwas in die Menge, das die fünf nicht verstanden, musste sich wiederholen, dann, allmählich, bildete sich eine schmale Gasse zwischen den Umherstehenden. Diese starrten die jungen Europäer an, die ihnen Aline als Ärzte ausgewiesen hatte – einige misstrauisch, die anderen gespannt, aber allesamt befremdet.

Die vermeintlichen Doktoren brachten den Jungen in die Favela, Anders ging voran, und hinter ihnen schloss Aline die Tür. Sie war zum Übersetzen mitgekommen.

Das Wohnzimmer war weiträumig, ähnlich dem, in welchem sie untergebracht waren; allerdings gab es hier kein Schlafzimmer, nur ein Bett stand in der einen Ecke. An der gegenüberliegenden Wand des Raumes hingen Fotos, die Gabriel in den verschiedensten Lebensaltern, mal auf Geburtstagen, mal mit Schultüte oder im Go-Kart zeigten, zwischen zwei angepinnten Postern von Bruno Senna und seinem legendären Onkel Ayrton – beide im Williams. Das einzige gerahmte Bild war ein großes, halb verblasstes Kinderbild. Die Mutter, die ihren Sohn stolz vor das Objektiv der Kamera gehalten hatte, saß jetzt apathisch und gebrochen auf einem Holzstuhl neben dem Bett und krallte ihre Hände in die Enden der Armlehne. Vivien versuchte, sie zumindest ansprechbar zu machen. Maddie und Anders entkleideten den Jungen, der unter ihren Berührungen schwach zu wimmern begann und das Gesicht verzerrte. Er konnte, wie sie jetzt sahen, kaum achtzehn Jahre alt sein. Glücklicherweise verlor er nicht allzu viel Blut. Tobi und Stefan hievten den keuchenden Jungen auf den Esstisch, auf dem ein sauberes Laken ausgebreitet lag. Dann standen sie völlig tatenlos im Raum, wussten nicht, was sie tun sollten, bis Anders schrie, sie sollten irgendwas finden, womit man arbeiten könne.

– Wie, arbeiten? Haben wir uns überhaupt schon entschieden, was wir unternehmen?, fragte Stefan.

– Na die Kugel muss raus, entgegnete Anders. Irgendwas halt, womit wir sie packen können, und was zum Desinfizieren.

Vivien schüttelte die Mutter vorsichtig an der Schulter. Sie reagierte nicht.

– *Sei pazzo*?, brauste Maddie auf, der verblutet uns doch sofort, wenn wir da jetzt drin rumdoktern. Wir müssen irgendwie die Blutung stoppen, ohne die Kugel rauszuholen. Aber er *muss* in ein Krankenhaus.

– Und wo zaubern wir eins her? Stefan! Geh und hol irgendwas, das nicht verrostet ist, Messer, Zange, irgendwas Langes. Und einen Eimer mit kochendem Wasser. Mach schon, befahl Anders.

Aline sah irritiert mit an, wie Maddie und Anders zu streiten begannen. Die Italienerin wiederum schickte jetzt Tobi.

– Ich brauche etwas zum Desinfizieren. Und Stoff, viel sauberen Stoff, Tücher, Laken, was du eben kriegst. Ich suche die Blutungsstelle.

Die beiden Angesprochenen machten sich sofort auf den Weg. Draußen standen noch immer die Leute dicht zusammengedrängt, sodass sie sich durch sie hindurchdrücken mussten. Ohne zu fragen gingen sie von Favela zu Favela und durchsuchten das fremde Eigentum nach Brauchbarem. Einige der Menschen wollten ihnen nachsetzen, und sie daran hindern, ihr Heim zu betreten, doch sie wurden von den anderen gepackt und zurückgehalten.

Inzwischen hatte Maddie eine Flasche Rum gefunden – fast wie in einem schlechten Film, dachte sie – den Inhalt in eine Schüssel gegossen und ihre Hände darin gewaschen. Sie hatte keine Ahnung, ob das wirklich helfen würde, aber immerhin konnte es nicht schaden. Einen Augenblick lang dachte sie an ihre Medizinische Fakultät in Rom mit ihren bärtigen Professoren. Natürlich war sie hier in dieses Land gekommen, um zur Ärztin zu werden, mit unzureichendem Instrumentarium, unter schwierigen Bedingungen, aber sie hatte sich zumindest immer ein Krankenhaus vorgestellt, in dem ein solcher Eingriff, wie er jetzt notwendig sein würde, auch machbar wäre.

Sie drang mit dem Zeigefinger in die Schusswunde ein, um die Ader zu finden, aus der das Blut austrat, und in ihrem Kopf schaltete sich etwas um, sodass sie sich den Jungen auf dem Tisch nicht mehr als Menschen, sondern als anatomisches Puzzle dachte, das man richtig zusammensetzen musste, damit es wieder ganz würde. Sie sah Anders an, der ihr zumindest nicht widersprach. Das Laken sog sich langsam mit Blut voll. Schließlich hatte Maddie die angerissene Ader gefunden, oder meinte sie gefunden zu haben, und drückte mit dem Zeigefinger einigermaßen fest auf die Stelle.

Plötzlich heulte die Mutter auf, schrie etwas in ihrer Sprache. Ihr Tonfall klang so schaurig, dass Maddie sich erschreckte und ihren Griff verlor.

Erst jetzt kamen Vivi und Anders auf die Idee, die Mutter aus der Hütte herauszuschaffen, sie packten sie an den Unterarmen, die Frau wehrte sich mit einer Kraft, die ihr die beiden nicht zugetraut hätten, aber es gelang ihr trotzdem nicht, sich aus dem Griff zu befreien. Sie führten sie hinaus, und als Anders allein wiederkam – Vivi war bei der Mutter geblieben –, sagte er Aline, dass sie sich draußen postieren und unter keinen Umständen irgendwen durch die Tür kommen lassen solle. Abgesehen von Tobi, Stefan, Vivi oder Charlie natürlich – gottweiß wo der steckte.

Maddie spürte, wie ihre Hand mit dem Finger in der Wunde leicht zu zittern begann. Sie wusste, das war unverzeihlich in dieser Situation.

– Andy, komm her und übernimm!

Er nickte und Maddie, mit ihren blutigen Händen, nahm eine zweite Schüssel, goss ebenfalls Rum hinein und wusch ihre Hände so gut es ging darin. Dann wischte sie die Hände an ihrem Top ab, und tauchte sie wieder in die erste Schüssel. Gabriel begann, stärker zu wimmern. Nach kurzer Zeit wechselten sie wieder, weil auch Anders Probleme hatte, den richtigen Druckpunkt zu finden.

Tobi war der erste, der wiederkam. Mit einem Stapel Tüchern, Mullbinden, Klebestreifen und einer großen Stoffschere. Anders blickte finster drein, als sich die beiden sofort ans Werk machten, den brauchbaren Stoff zurechtschnitten und ebenfalls in die Rumschüssel tauchten. Als schließlich auch Stefan zurückkam, atemlos und mit Schweiß auf der Stirn, war es bereits beschlossene Sache, dass die Kugel drinbleiben würde, bis der Krankenwagen irgendwann käme.

– Ihr bringt den Jungen um!, drohte Anders. Verdammte Scheiße noch eins!

Tobi und Maddie ließen sich davon nicht beeindrucken und machten einfach weiter.

Sie waren im Krieg angekommen, dachte Maddie, zwar nur an dessen äußersten Ende, aber schon damit waren sie ja heillos überfordert und mit einem Mal stach ihr ein unscheinbarer rosa Farbkreiderest auf ihrer Hose ins Auge. Gabriel erwachte, befühlte mit der Hand seinen Druckverband, der oben noch weiß war und offenbar hielt. Er lallte unzusammenhängende Sätze, und als Maddie auf Englisch Fragen an ihn richtete, war das einzige, das er ausrief:

– Nein, Bruno, bitte fahr nicht! Hörst du, fahr nicht!

Dann begann er, nach seiner Mutter zu rufen. In diesem Moment tauchte Charlie auf.

Sie hatten Gabriel verloren, mit intaktem Druckverband. Niemand wusste genau, wie viel Zeit vergangen war. Die sechs Europäer saßen vor der Hütte mit den Solarzellen auf dem Boden, Tobi bei Maddie, Vivi bei Anders; dazwischen Charlie und Stefan. Keiner von ihnen sprach. Manche der Dörfler saßen noch in Kreisen beieinander im Freien, die anderen waren heimgegangen. Niemand hatte sich bei den Europäern für ihren Einsatz bedankt, die sechs kümmerte das kaum. Aline hatte die Mutter bei einem Nachbarn untergebracht und jemand hatte die Lampen in der Favela gelöscht, in der sie den Jungen verloren hatten. Maddie und Anders ließen sich nicht aus den Augen.

– Wo zur Hölle warst du, Charlie?, fragte Vivi schließlich.

– Draußen. Nachdenken.

– Was hätte es denn genützt?, warf Maddie ein. Zahlreich genug waren wir ja.

– Vielleicht etwas zu zahlreich, sagte Anders, leise, aber mit Nachdruck.

– Was willst du damit sagen?, fuhr Tobi hoch.

– Nichts.

– Raus mit der Sprache, du Penner.

– Hey, kommt mal runter, warf Charlie dazwischen, doch niemand beachtete ihn.

– Na gut, ich will damit gottverdammt noch mal sagen, dass *die da* den Jungen auf dem Gewissen hat.

Und er zeigte auf Maddie, die aufsprang.

– Bist du jetzt völlig irre geworden? *Testa di cazzo*! Willst du damit sagen, dass du ihn gerettet hättest?

– Ich will damit sagen, dass ich ihn gerettet hätte, Teufel nochmal. Was hast du denn hier schon anderes getan, als den Kerlen schöne Augen gemacht? Mit Rum desinfizieren!

Maddie machte einen Satz nach vorne und holte zu einer Ohrfeige aus, Anders wollte sie abwehren, doch Tobi hatte sie beim Handgelenk gepackt und zurückgerissen.

– Das bringt doch nichts, hör auf!

Fluchend versuchte Maddie, sich loszumachen. Einige Dorfbewohner hatten sich genähert und betrachteten die Streitenden zornig. Einer begann auf sie einzureden, sie verstanden den Mann nicht. Es dauerte nicht lange, bis Aline dazukam. Auch sie wurde missbilligend angesehen, und der Mann richtete seinen Sermon jetzt an sie.

– Er sagt, sie trauern um Gabriel. Was fällt euch ein, jetzt hier rumzubrüllen wie die Verrückten? Ich dachte, ihr seid Ärzte.

– Wir sind Studenten, gab Charlie gallig zurück.

– Wir haben nichts tun können für Gabriel, sagte Tobi.

– Wieso streitet ihr euch überhaupt?

Alle warteten darauf, dass Anders antworten würde. Stattdessen war es Maddie.

– Wir sind uns nicht einig, ob wir das richtige getan haben.

– Nicht einig? Was soll denn das heißen? Wäre unser Gabriel noch am Leben, wenn ihr etwas anderes getan hättet? Das hätte genauso gut mein Sohn sein können!

– Es ist denkbar, räumte Tobi ein. Wir haben die Kugel nicht herausgenommen. Hätten wir das getan, wäre alles wahrscheinlich nur viel schneller gegangen.

– Woher genau willst du das wissen?, konterte Anders.

– Ihr meint, fragte die Frau entsetzt, ihr habt die Kugel *drin gelassen*?

– Haben Sie denn nichts mitbekommen?, fragte Vivi.

– Nein. Ich habe für ihn gebetet. Wie kann man die Kugel nur drinlassen?

– Wissen Sie, wenn wir sie herausgenommen hätten, dann ...

– Ich will nichts mehr davon hören! Er hier, sie zeigte auf Anders, meint, man hätte sie rausnehmen müssen.

– Wieso hat *er* sie denn dann nicht rausgenommen?, fragte Maddie bissig.

– Ihr wart ja schon längst dabei, euren Verband anzulegen, als ich überhaupt erst brauchbares Werkzeug bekommen habe. Ich konnte nichts tun.

Einer der Dörfler fragte Aline etwas, und sie berichtete offenbar, was sie selbst gerade gehört hatte.

– Er meint, sagte sie, Frauen sollten keine Ärzte sein. Schon gar nicht so eine Frau wie du. Wieso hast du nicht auf den Mann gehört?

Maddie blieb die Luft weg. Sie drehte sich um und ging in Richtung Waldrand. Tobi folgte ihr einige Schritte lang, dann gab sie ihm mit der Hand zu verstehen, dass er sie in Ruhe lassen solle. Die junge Italienerin hockte sich ins Gras und konnte sich nicht dagegen wehren, in Tränen auszubrechen.

Drüben wurden die Stimmen der Dorfbewohner immer hektischer, sprachen durcheinander, und die Frau übersetzte, sie selbst würde jetzt von den anderen beschimpft werden. Man werfe ihr vor, sie habe eine Frau, noch dazu eine Fremde, an ihrem Gabriel herumpfuschen lassen. Sie hätte Maddie davon abhalten und den Jungen seine Arbeit tun lassen sollen. In ihren Blicken lag Mitleid, aber auch Zorn darüber, dass keiner von ihnen die Kugel entfernt hatte. Stattdessen hatte ihr der andere Junge ja sogar noch geholfen.

Ihr Mann schließlich war es, der Maddies und Tobis Sachen aus der Favela holte und sie draußen auf die Erde warf. Maddie kam sofort zurück, mit verweintem Gesicht, hob auf, was ihr gehörte, und Tobi beeilte sich, es ihr gleichzutun.

– Wartet, ihr beiden, das ist doch Irrsinn, jetzt loszugehen. Versucht mit den Leuten zu reden, drang Vivi auf sie ein.

Aber ihre ehemalige Gastgeberin schüttelte traurig den Kopf.

– Wollt ihr allen Ernstes zu zweit nachts in dieser Umgebung losziehen? Wo die Typen mit dem Jeep herkommen? Dort, wo sie kämpfen?

– Was bleibt uns denn bitteschön anderes übrig? Wer von euch kommt noch mit? Ich nehme an, Anders und du, ihr bleibt hier?, entgegnete Maddie.

Vivi sah ertappt zu Boden, Anders schließlich ergriff das Wort:

– Ja, wir bleiben hier. Ich sehe ganz und gar keinen Grund, dass wir uns euretwegen in Gefahr begeben sollten. Hier in dieser Gegend sind sechs Mann genauso gut wie einer, wenn mal was passiert. Sorry für meine Reaktion vorhin, die war unangemessen. Aber trotzdem geh ich bei sowas Verrücktem nicht mit.

– Also gut. Stefan, Charlie, was ist mit euch?

– Zieh Charlie nicht mit hinein, meinte Stefan, der hatte das große Glück, nicht dabei gewesen zu sein, als hier alles den Bach runterging.

– Hey Leute, wie hätte ich denn wissen können, dass ausgerechnet? ...

– Charlie, antwortete ihm Maddie, niemand macht dir einen Vorwurf, du warst nicht dabei und musst jetzt nicht für uns geradestehen. Geh und leg dich schlafen.

Schließlich war es allerdings doch Charlie, der mitkam. Stefan blieb bei Anders und Vivi; es gab keine Verabschiedung.

Die Lichter der Siedlung in ihrem Rücken wurden allmählich schwächer. Sie gingen langsam, und einigten sich darauf, an jeder Weggabelung auf gut Glück abwechselnd links und rechts abzubiegen. Tierrufe und Vogelsingen, beinahe wie am Tag.

– Kann man sich einen solchen Ort vorstellen?, fragte Tobi, wie schon am Mittag.

– Nein, noch immer nicht, sagte Maddie, die allmählich die Fassung wiedererlangt hatte.

Die drei versuchten, nicht darüber nachzudenken, was ihnen hier alles passieren könnte. Oder wie sie morgen zurückkämen. Für alles Weitere würde danach Zeit sein; den Tod des Jungen zu verarbeiten, das würde anstehen, sobald sie wieder unter Leuten waren. Falls sie überhaupt durchkamen.

Von weitem hörten sie die gellende Sirene eines Krankenwagens, doch bald verlor sich das Geheul wieder in der Ferne.

– Wir müssen auf jeden Fall abseits des Wegs schlafen, entschied Maddie. Niemand widersprach ihr.

Sie fragte sich, wann sie wieder Empfang auf ihren Handys haben würden und Hilfe holen könnten.

– Mal ehrlich, sagte Charlie nach einiger Zeit, hättet ihr wirklich gedacht, ich lasse euch in dieser Scheiße allein sitzen?

– Keine Ahnung. Menschen verhalten sich anders im Krieg. Und es ist ja Krieg, antwortete Tobi.

– Da hast du wohl Recht.

Nacht umgab sie. Unter Maddies Nägeln und auf dem Top klebte verkrustetes Blut. Das würde sie jetzt nicht loswerden. Aber sie klopfte und rieb ihre Hose, wie um den letzten rosa Kreidestaub herauszubekommen, den sie in der Dunkelheit nicht sehen konnte. Doch sie war sich sicher, er war noch da.

# *Hitze*

*Glücklich die Väter,*
*deren Söhne verrückt sind*
*- Joseph Roth*

## 1

Die Zeit des Jahres, wenn die Sonne sich zur Faust ballt, den Städten Gewalt antut, hier ein Herz stillstehen, dort eine Hirnhaut schwellen lässt. Wenn der Asphalt aufreißt und wie ein schlecht geklebter Schuh einfach auseinanderfällt. Bei der man nicht aus dem Haus geht, wenn man nicht unbedingt muss, sogar auf die Abkühlung durch den Badesee verzichtet, weil man die Viertelstunde Hinweg, die Schlange vorm Einlass und die dichtgedrängten Menschen scheut, die ihr Tuch ausrollend sämtliches Schamgefühl ablegen. Wenn man doch hinausmuss, die Zeitungen sieht, die Worte finden wie „Rekordhitze“ oder „Sahara in Mitteldeutschland“, sich in Superlativen oder Plattheiten ergehen, um die Temperaturen zu beschreiben, weil ihnen die Phantasie fehlt; aber es nimmt ihnen nicht übel, wer sich vorstellt, wie sie in ihren Redaktionen sitzen mit den hohen Fenstern und den metallenen Innenjalousien, die das Licht einsaugen, wie sie sich mit einer alten Broschüre kläglich Luft zufächeln.

Ich höre oft von Leuten, dass man nicht nachdenken kann an solchen Tagen. Sie haben recht, bis zu einem gewissen Grad. Solange es nämlich noch geradeso erträglich ist, beginnt meine Phantasie unruhig zu zucken, wird übermütig und kindisch. Ständig. Sobald ich beispielsweise eine der wenigen Straßenbahnen erwische, bei denen die Klimaanlage funktioniert, fange ich unwillkürlich an, mir auszumalen, wie die Fahrer im Depot darüber streiten, in welcher Bahn sie ihren Arbeitstag verbringen werden und wie der Fahrer dieser Bahn, in der ich sitze, durch Glück, Macht oder, noch wahrscheinlicher, durch irgendeine Art von Gewalt seine Zuteilung errungen hat. Irgendwie stelle ich mir immer die Gewalt vor, die blutige Nase eines Arbeitskollegen oder die Erpressung mit einem heiklen Geheimnis.

Sonst, wenn es kälter ist, denke und phantasiere ich recht normal, glaube ich. Aber die Hitze sorgt für ganz besondere Konstellationen – innerhalb des Hirns und zwischen zwei Menschen. Wenn ich also beispielsweise in einer solchen Bahn sitze, auf dem linken Platz einer Dreierreihe, und eine Frau sitzt auf dem rechten, so, dass wir mit unseren Taschen den Mittelplatz blockieren, uns vor der Nähe und dem Schweiß eines Dritten gegenseitig schützen, wir einander noch verschwörerisch zulächeln, dann meine ich, eine seltsame Beziehung zwischen ihr und mir zu erkennen. Eine Beziehung die es niemals gegeben hätte, wenn es kälter wäre oder wenn unser mutiger Straßenbahnfahrer seinen morgendlichen Kampf verloren hätte, mit einer unklimatisierten Bahn vorgefahren wäre und Schweiß und Hitze unsere Blicke auf die eigenen Füße gedrückt hätten. So aber: ein Bündnis, eine gemeinsame Intrige, jedenfalls mehr, als mich mit Carla verbindet, zu der ich fahre. Ich will nicht zu ihr, lieber wäre ich am Badesee.

Es war übrigens genau derselbe See, als ich die Hitze kennenlernte. Ich war zehn oder zwölf, und wenn ich an diesen Sommer zurückdenke, so immer auch an die Hitze und den See. Es war die Zeit, als ich begann, die

Unterschiede zwischen den Geschlechtern genauer zu begreifen, ich sah nackte Frauen und Mädchen, und ahnte, dass in dieser Nacktheit eine tiefere Bedeutung steckte. Damals begannen die Phantasien. Allerdings waren es Ahnungen und Vorstellungen eines Kindes, das Neue vermischt mit dem Bekannten, mit Abenteuern, hier einem Zauberer, dort einem Sith-Krieger, und dazwischen eben die besagten Phantasien. Damals erschien mir das alles sehr ungehörig, Reiz und Scham des Verbotenen wechselten einander ab, und wenn ich mit den anderen im Wasser war, zählte ich zur Ablenkung die Flugzeuge, die kurz nach dem Start niedrig über den See flogen und immer höher stiegen. Alle hatten mitgemacht, wir hatten die Zeit genommen, es waren exakt vier Minuten von Flugzeug bis Flugzeug; wir begannen die Sekunden zu zählen, eins bis zweihundertvierzig, und der, der am nächsten dran war, hatte gewonnen. Seit 20 Jahren hatte sich nichts an diesem Rhythmus geändert. Wenn ich heute dort bin, gehe ich immer ohne Uhr ins Wasser. Es reicht, die Flugzeuge zu zählen, und man weiß exakt, wie spät es ist. Wenn ich an Hitze denke, denke ich irgendwie immer auch an Flugzeuge. Nachher, wenn ich bei Carla bin und mich langweile, werde ich an Flugzeuge denken. Keine Ahnung, weshalb sie mich zu sich gerufen hat. Während sie erzählt und ich versuche, so gut es geht, hinzuhören, werde ich insgeheim doch zählen. Eins, zwei, drei bis zweihundertvierzig, und dann wieder eins, zwei, drei. Carla hat nie bemerkt, dass ich ihr nicht zuhöre. Das ist ein schlimmes Fazit nach drei Jahren Beziehung, aber es ist so.

Meine ganze Wohnung ist voller Carla: Carla in Unterwäsche auf Leinen gedruckt über meinem Bett,

Carla und ich im Freizeitpark beim Free-Fall-Tower auf dem Nachttisch, eine Karikatur von Carla von einem New Yorker Touristenzeichner im Flur, Carla die Schöne, Carla die Clevere, die, die insgeheim Neid bei allen meinen Freunden auslöst, wegen der mir ständig gesagt wird, wie glücklich ich bin, Carla, die neben mir einschläft. Wir schlafen Hintern an Hintern.

Jetzt aber diese Frau in der Bahn, oder die Bäckerin, bei der ich morgens meinen zweiten Kaffee hole, die erst neunzehn ist, was mich etwas erschreckt – so jung – und die ihr blondes Haar unschuldig um den Zeigefinger wickelt, während ich nach dem Kleingeld suche. Oder die Assistentin meines Kollegen, oder mittags die junge afrikanische Kellnerin. Die zufällige Begegnung auf der Straße. Vor allem in dieser Hitze. Sie alle geben mir etwas, was mir Carla nie geben konnte. Auch wenn ich kaum mit diesen Frauen rede. Vielleicht genau weil ich kaum mit diesen Frauen rede. Je heißer es wird, desto mehr scheinen sie mir zu geben; bis zu einem gewissen Punkt. Aber nicht Carla.

## 2

Ich schreckte hoch. Schlug die Bettdecke zurück, ging in die kleine Küche. Carla schlief und ihr Atem ging ruhig. In der Küche stand die Luft, wie überall. Die Nacht brachte keine Kühlung. Ich hatte von einem Massaker in einem Konferenzraum geträumt. Merkwürdiges Zeug. So war ich aber auch ein paar Stunden vorher drauf. Ich ging mir eine Zigarette anzünden, Carla würde das vielleicht morgen riechen und mir Vorwürfe machen. Sie hatte mir vorhin Vorwürfe gemacht. Zum ersten Mal. Als sie mir den Grund gestanden hatte, warum ich herkommen sollte. Als sie von neuem Leben stammelte und gemeinsamer Zukunft und Zusammenziehen und – lächerlicherweise – von Einswerdung in einem fremden Wesen. Sie hatte endlos lange geredet und ich hatte Flugzeuge gezählt. Eins, zwei, drei, bis zweihundertvierzig und wieder eins. Diesmal hatte sie es gemerkt. Ich hatte sie beruhigen können, sagen, ich wäre genauso überrascht wie sie. War ich tatsächlich, es war keine Lüge, aber irgendwie blieb ich im Inneren gleichgültig. Stellte mir vor, wie andere werdende Väter so eine Nachricht aufnehmen würden. Aber da war nur die Hitze, und jetzt, in der Nacht, war sie nicht vergangen. Carla schmatzte im Schlaf. In ihr wuchs etwas heran, etwas das mir fremd, das nicht ich war. Carlas Nacktheit hatte heute wieder eine Bedeutung dazugewonnen, eine mir bislang unbekannte, wie damals am See vor vielen Jahren. Aber diesmal war keine Lockung darin. Ich wollte nicht. Natürlich hatte ich versucht, sie zu beruhigen. Unwillkürlich sah ich zu ihr hinüber. Fächelte mir Luft zu mit dem ersten, was ich greifen konnte, es war die alte Pappschachtel einer Fertigpizza. Noch lächerlicher als die Journalisten in ihren Redaktionen, dachte ich. Schweißtropfen rannen über meine Wange und meinen Hals herab, das Thermometer zeigte neunundzwanzig Grad. Carla schmatzte. Ein Gedanke durchzuckte meinen Kopf. Carla, von einer klimatisierten Straßenbahn überfahren. Ich schämte mich und schob ihn schnell beiseite; da kam ein anderer. Ein realerer. Sie zu würgen. Nicht zu erwürgen, ich bin ja kein Unmensch. Der Mund wurde mir trocken, ich drehte den Wasserhahn auf und saugte am Strahl wie ein Hund. Ein wenig würgen. Ihr zeigen, dass ich trotz aller Neuigkeiten das Heft in der Hand habe. Dass mir die Zügel nicht entglitten waren, wie man so sagt. Ich gab ihr die Schuld an dem, was in ihr wuchs. Womit ich nicht fertig wurde. Nur ein wenig. Sie panisch werden sehen, dann locker lassen und ihre Augen dem Schrecken überantworten, der darin stehen würde. Bis sie ging. Selbstverständlich würde sie das. Nicht wiederkommen. Und ich wäre befreit. Das Wasser aus der Leitung half nichts. Eins, zwei drei, zweihundertvierzig. Und nochmal zweihundertvierzig. Und nochmal. Carla hat doch früher im Schlaf nicht so geschmatzt. Die erste Veränderung, die mit ihr geschehen war. Ich wollte sie nicht tatsächlich würgen, es hätte mir keine Freude bereitet. Ich sah mir nur in Gedanken dabei zu. Was erdreistete sie sich, mein Leben so zu ... – ich herrschte mich an, vernünftig zu sein. Meine Freunde würden mich beneiden, in ein paar Jahren würde es Fotos geben, mit Carla und mir und dem Kind im Fasanenpark, beim Tretrollerfahren und am See. Natürlich am See, über den die Flugzeuge fliegen. Das mit den anderen Frauen wird vergehen oder nicht. Wenn ich diskret genug vorgehe, müsste ich nicht einmal – Carla murmelte etwas im Schlaf. Was sie träumte, das blieb mir verschlossen. Ich hoffte, auch ihre Träume würden mir Gewalt antun. Das hätte mich beruhigt. Uns zu Komplizen gemacht, wie mit der Frau in der Straßenbahn. Ich ging ins Bad, schöpfte Wasser aus der hohlen Hand und rieb meinen Oberkörper ein. Es konnte ja alles gut werden. Carla hatte sich doch auch wieder beruhigt. Ihr Schlaf war ja wohl Anzeichen genug. Bald würde ich ihr ein Stofftier schenken oder so. Gemeinsamer Mietvertrag, Wohnung mit Kinderzimmer. Dann wieder der Gedanke sie zu würgen und die Flugzeuge, aus reinem Reflex. Der

Gedanke war nicht einmal reizvoll. Es werden immer nackte Frauen an Seen sein, sagte ich mir vor, afrikanische Kellnerinnen und Sekretärinnen aus meiner Abteilung. Wen kümmert es, dass ich Carla nicht liebe. Dass ich ihr Kind nicht lieben werde? Ich werde anständig sein. Und mir würden ja immer die Flugzeuge bleiben, die Meditation eins bis zweihundertvierzig. Und überhaupt diese affige Hitze. Es war doch schon immer so, die Hitze und diese Gedanken und diese Phantasien. Ich werde, wenn es abkühlt, ein guter Vater sein, mein Kind niemals schlagen, meine Frau niemals würgen. Aber ich werde es mir ausmalen, wenn die Sonne ihre Krallen in die Stadt drückt; wenn der Schweiß mein Haar aneinanderklebt. Dann ist meine Haut hellwach und ich werde verstört sein und so denken. Aber sonst werde ich ein guter Vater sein, ein verlässlicher Vater. Wenn die Hitze abflacht, werde ich ihm Fahrradfahren beibringen und wie man einen Papierflieger baut. Was man eben so tut. Keiner wird sich beklagen können, am allerwenigsten Carla.

Mit solchen Gedanken lege ich mich ins Bett zurück und Carla wird nicht einmal wissen, dass ich aufgestanden war. Bald wird das Wetter umschlagen, es kann gar nicht anders.

## *Vater*

Vater hat früher Befehle befolgt. Jetzt gefällt er sich darin, welche zu geben. Er ist der Herr in seinem Haus, jeder erkennt das an. Es ist ein kleines Haus mit noch kleinerem Garten, niemand würde ihm das Kommando streitig machen.

Vater sagt, die Beschlüsse der Regierung seien wie Befehle für ihn. Die Regierung sei die Verkörperung der Ordnung. Sich ihr zu widersetzen sei ein Akt gegen die Ordnung. Über der irdischen Ordnung stehe Gott. Auch wenn die Generation seiner Väter das einmal vergessen habe, sei es immer so gewesen; Gott, sagt er, hat uns dieses Leben geschenkt, es ist unsere größte Aufgabe, unser größter Gottesdienst, dieses Leben zu nutzen.

Als Vater erfahren hat, dass seine Enkelin, meine Nichte, auf das Petersdenkmal geklettert ist, hat er sie verflucht. Genau wie mein Bruder. Mein Bruder hat ganz wie Vater geredet, hat ihr vorgeworfen, sie gehe mit dem, was Gott ihr geschenkt habe, wie eine Verschwenderin um. Eine kleine Teufelin, die niemand im Haus haben wolle.

Manchmal ist Mutter morgens müde. Dann sagt sie, Vater habe von Flugzeugen geträumt. Schon wieder. Die beiden sind seit dreißig Jahren verheiratet. Was für sein Alter gar nicht so lange ist, er war schon über vierzig damals. Sie haben sich im Osten kennengelernt, er war dort stationiert. Nachdem er seinen Abschied bei den Fliegern genommen hatte, machte er ihr den Antrag. Sie hat keine Sekunde gezögert und ich denke, die beiden sind auch heute noch so glücklich, wie man eben sein kann.

Oft erzählt Vater von seiner Dienstmaschine, der Suchoi Su-15. Als würde er von einem fernen Land berichten oder von etwas Lebendigem, einem vertrauten Hund vielleicht, es ist schwer zu beschreiben. Für mich als Kind waren es immer unförmige Kästen aus Stahl, was er mir da auf Bildern zeigte. Furchtbar unelegant, nicht so wie die modernen Maschinen. Er sprach trotzdem immer begeistert von Nachbrennern und Raketenleitsystemen.

Dass Vater in seiner eigenen Hölle lebt, wusste damals niemand. Wir waren noch so klein und haben nichts verstanden. Das kam erst viel später.

Vater war immer sehr konservativ. Manchmal verbot er uns Dinge, bei denen wir das Verbot gar nicht verstanden. Aber wir kannten die tiefe Stimme nur zu gut. Eine Stimme, die so sehr donnern konnte, dass wir es mit der Angst bekamen.

Vater hasst die Amerikaner noch immer ein wenig. Ich glaube, es geht gar nicht anders, wenn man in der Luftwaffe war. Da muss man die Amerikaner auch heute noch etwas hassen. Vielleicht muss man nicht, aber es ist wenigstens nachvollziehbar. Oder sagen wir entschuldbar. Vater hasst aber auch die Koreaner. Das verstanden die wenigsten. Inzwischen verstehen es mehr. Er will auch nicht wieder in den Osten, wo man ihn stationiert hatte.

Ich glaube, Vater empfindet das mit seiner Enkeltochter als Bedrohung. Er fühlt sich selbst bedroht, als wollte sie ihm damit auf perfide Art das Kommando klauen. Er nimmt das sehr persönlich. Er nimmt alles sehr persönlich, vor allem, seit er älter wird. Er ist jetzt über siebzig. Ich glaube, je älter er wird, desto mehr betet er.

Vater hat immer gebetet, heimlich, Kreuze waren verboten unter den Genossen in der Kaserne. Niemand wollte mit einem Christen fliegen, niemand wollte neben einem Christen fliegen. Also betete er immer heimlich. Auch damals, Dreiundachtzig. Wie ich ihn inzwischen kenne, hat er auch da viel gebetet.

Vater donnerte immer mit der Stimme, wenn man ihn fragte, wie das Dreiundachtzig war. Er verbot das Thema. Heute hat er nicht mehr die Kraft, das zu verbieten. Die Sendungen im Fernsehen kommen immer wieder, manchmal zeigen sie ein Foto von ihm. Woher sie das Foto haben, weiß keiner so genau. Niemand von uns hatte es vorher je gesehen.

Vater sagt immer, er musste damals seinen Abschied nehmen. Man hätte ihn gedrängt. Er weiß nicht, dass ich schon lange durchschaut habe, dass das nicht stimmt. Er wollte damals seinen Abschied nehmen, keiner hat ihn je gezwungen.

Vater und Mutter haben sich nie darüber unterhalten. Mutter hat nie gefragt. Ich glaube, sie wollte den Mann sehen, der ihr Blumen schenkte und der damals so kokett lächelte. Heute, sagt sie, lächelt Vater manchmal etwas gequält, nachdem er von Flugzeugen geträumt hat.

Vater bestreitet, dass es zweihundertneunundsechzig waren. Er würde das auch öffentlich bestreiten. Er glaubt an das, was er sagt. Er ist überzeugt.

Vater hat nie angefangen zu trinken.

Vater glaubt nicht, dass es Koreaner waren. Dass es einen Computerfehler gegeben hatte. Es sei ihm heute so klar wie damals gewesen. Die Maschine vor ihm, die große, hatte ein Ausweichmanöver eingeleitet, als er hinter ihr flog. Das hatte seine Zweifel ausgeräumt. Außerdem haben die Offiziere am Radarschirm den Befehl gegeben.

Vater hat uns, mir und meinem Bruder immer verboten, Flieger zu werden.

Vater war häuslich geworden. Hat eigentlich alles mit seiner Zeit beim Militär aufgeben wollen, sagt Mutter. Nachdem er seinen Hut genommen hatte, hat er das Haus gekauft. Er wollte Tomaten pflanzen. Trotzdem hat er immer wieder erzählt, von seiner Maschine damals. Stolz. Er war auch kein schlechter Vater, sicher nicht. Hat uns nie so verprügelt wie andere Väter ihre Söhne.

Vater hatte mehrmals Warnschüsse abgegeben. Das ist ein Fakt.

Als ich klein war und er immer alles erklärte, fragte ich einmal, wie man Raketen gefeuert hat. Er hat es mir gezeigt, an einer Karotte, die den Steuerknüppel imitieren sollte. Danach hat er mich von seinem Schoß gehoben und ging in sein Schlafzimmer. Vater hat wieder von Flugzeugen geträumt, sagte Mutter am nächsten Morgen.

Vater hat schon einmal zwei Raketen abgefeuert. Er hatte immer gedacht, er würde, wenn, dann auf Amerikaner feuern. Er sagt, er hätte niemals auf Koreaner gefeuert, sondern auf er-weiß-nicht-wen. Damals, Dreiundachtzig.

Vater glaubt dem Fernsehen nicht, den Sendungen, die den Hergang erklären. Die, die sein Foto zeigen. Als letztes Bild. Nach einer Kette haarsträubender Missverständnisse. Vater sagt, das seien Räuberpistolen. Andere sagen, das seien so viele unglückliche Zufälle gewesen; so etwas könne man sich gar nicht ausdenken, so etwas kann es nur in Wirklichkeit geben. Vater sagt, einer, der fliegt, hat Verantwortung. Gerade, wenn er andere an Bord hat. Niemand, der zweihundertneunundsechzig Menschen an Bord hat, wäre so ignorant, sich dermaßen zu verfliegen.

Vater sagt, die Amerikaner hätten sich nicht getraut, zuzugeben, dass es einer ihrer Luftaufklärer gewesen sei, der so tief in sein Einsatzgebiet eingedrungen war, in den Luftraum, den zu verteidigen er Befehl hatte.

Vater sagt, er hat kein koreanisches Linienflugzeug abgeschossen, das sich in den sowjetischen Luftraum verirrt hat.

Uns ist es egal. Vater ist Vater. Wir wissen es nicht, wie es wäre, einen anderen Vater zu haben. Die Koreaner standen nie zwischen ihm und uns beiden, als wir noch jung waren. Inzwischen tun sie es schon. Ich glaube, wir begreifen erst jetzt, wie still Vater immer war. Jetzt wird er stiller.

Vater betet jetzt nicht mehr heimlich, sagt Mutter. Er hat uns beigebracht, wie man das Vaterunser richtig hersagt. Ich glaube, er betet doch heimlich. Vielleicht betet er nicht, vielleicht verhandelt er mit seinem Gott.

Vater sagt, mein Bruder würde seiner Tochter viel zu viel durchgehen lassen. Dann spricht er lang von früher, in den abgedroschensten Redensarten. Eben wie ein alter Mann so spricht.

Ob Vater mit Gott über die Koreaner verhandelt oder über meine Nichte, das weiß ich nicht. Seit er weiß, dass meine Nichte auf das Petersdenkmal geklettert ist, wird er grau und ganz runzlig. Als könnte es auch sein Körper nicht ertragen, so eine Enkelin zu haben, die Fleisch von seinem Fleisch ist.

Vater könnte es ganz sicher nicht ertragen, seiner Enkelin irgendwann dabei auf Video zuzusehen, wie sie stürzt.

Vater hat auf Video gesehen, wie irgendein anderer dieser Kletterer kürzlich den goldenen Sowjetstern mit Farbe eingesaut hat. Eine Störung der allgemeinen Ordnung. Vater denkt, der Präsident müsste stärker durchgreifen. Selbst dann, wenn es seine Enkelin treffen könnte. Die Ordnung steht über allem, sagt er.

Mutter sagt immer: Wenn du Vater früher gesehen hättest in der Uniform. Jetzt hat er die Uniform gegen diese gelben Strickpullover getauscht, die alle Rentner tragen. Er trägt seinen Pullover aber als Uniform. Ich glaube: je mehr ihn seine Enkelin beschäftigt, weit weg in der Hauptstadt, desto militärischer schreitet er in seinem kleinen Häuschen aus. Und desto sinnloser.

Vater kann nicht damit umgehen, dass jemand sein eignes Leben so verschwendet. Schließlich sei jedes Leben ein Geschenk von Gott. Kein Mensch dürfe da einschreiten, wenn es keinen Grund gebe. Er glaubt fest daran, dass es einen Grund gab, die Raketen zu feuern. Dass er zwei Aufklärungspiloten getötet hat, zwei, und keinen Mann mehr, um Zehntausende seiner Landsleute zu verteidigen. Der Gedanke, Unheil abgewendet zu haben, gibt ihm Halt.

Vater war immer ein gefestigter Mann. Ich habe Angst, dass die Sache mit meiner Nichte ihn brechen könnte. Sein Blick wird trübe, jedes Mal, wenn er sie beim Namen nennt. Wir Kinder haben nie gewagt, ihm zu widersprechen. Seine Enkelin tut das. Sie ist ausgezogen aus dem Haus meines Bruders. Vaters Stimme erreicht sie so nicht mehr, das ist neu für ihn. Das macht ihm Angst. Langsam gleiten Vater die Zügel aus den Händen.

Ohne seine Zügel wird Vater nicht mehr Vater sein.

# *Gesänge*

– Unser Professor ist spät dran.
– Unser Professor ist immer spät dran. Wieso bist du deshalb so unruhig?
– Ich habe gehört, Martin sei rausgegangen.
– Selbst Schuld, wer im Moment rausgeht.

*Pastorello, sei soggetto facilmente a t'ingannar.*

– Martin war ohnehin nicht der Beste von uns.
– Ja, natürlich, aber ...
– Habt ihr gesehen? Einer der Absolventen war im Fernsehen, wie hieß er doch gleich, der große, schlanke?
– Im Moment sind alle im Fernsehen.
– Die Stadt blutet.
– Der nun wieder. Du bist doch sonst so still. Das, was da abgeht, steht nicht in Metaphern. Metaphern sind nichts für diese Zeit und nichts für mich.

*Se tu m'ami, se tu sospiri sol per me, gentil pastor.*

– Du bist ja auch ein Prolet!
– Können wir uns mal bitte auf unseren Beruf konzentrieren?
– Unser Professor ist doch eh noch nicht da.
– Die Arien sind ja heute noch abgehackter als sonst.
– Ich würde es jetzt nicht Beruf nennen.
– Sondern?

*Nessun dorma! Nessun dorma!*

– Na bei einigen hier im Gebäude würde ich es Umnachtung nennen.

– Immerhin haben sie alle die Aufnahmeprüfung bestanden, vergiss das nicht.
– Ich pfeif auf eure Prüfungen.
– Die Stadt ...

*Guardi le stelle che tremano d'amore e di speranza!*

– Ich habe gehört, sie singen draußen auch wieder.
– Ganz was Neues!
– Was singen sie denn?

*Ma il mio mistero è chiuso in me, il nome mio nessun saprà!*

– Keine Ahnung, man hört hier drin ja nichts.
– Du meinst, man hört viel zu viel?

*No, no, sulla tua bocca lo dirò, quando la luce splenderà!*

– Das Gesinge hier macht uns taub. Die Professoren schirmen unser Gehör ab.
– Gegen das, was sie draußen singen.

*Ave Maria! Jungfrau mild.*

– Draußen kommt uns ja doch schon ziemlich nahe. Die Barrikaden ...
– Gehen uns bis unter die Fenster? Ja, schlimm genug. Was haben wir damit zu tun?
– Martin zum Beispiel.
– Hör mir auf mit Martin, wenn der so ein Idiot ist.
– Ellens Dritter schon wieder!
– Hast du ihn mal angerufen?
– Echt mal. Jeden Tag dasselbe.
– Kein Netz.

– Wir sind im Mittelalter.
– Was immer da auch passiert, wir haben unser geregeltes Leben, ein anderes als die da unten.

*Sulla tua bocca.*

– Natürlich, sie sind unter unseren Hörsälen.

*Ma se pensi che soletto Io ti debba riamar.*

– Ich will nicht sagen, dass die da unten Spinner sind. Aber sie wollen das Rathaus. Der Platz, auf dem sie kampieren, liegt vor dem Rathaus. Und die Akademie steht an der anderen Seite des Platzes. Dafür können wir ja wohl nichts.
– Seid mal still ... wenn man ganz genau hinhört ... Ja, sie singen die Hymne.

*Sulla tua bocca.*

– Alles können die Mauern doch nicht zurückhalten.
– Fünfzehn Tage Haft, wenn man einen Hut trägt da unten.
– Der Hut ist eben ein Symbol.

*Sulla tua bocca.*

– Wo sonst wird man fürs Hütetragen verhaftet?
– Die Frage ist, wer die Hymne singt.

*Bella rosa porporina oggi Silvia sceglierà.*

– Sie singen sie doch alle. Auf beiden Seiten.
– Sie streiten darum, wem die Hymne gehört.

*Mild und leise wie er lächelt.*

– So spät kommt unser Professor doch nicht.

– Vielleicht steht er ja unten und bringt den Menschen bei, wie man richtig singt.

*Soll mein Gebet zu dir hinwehen.*

– Wohl erfolgversprechender als bei einigen von unsern D-Moll-Kobolden.
– Dann treffen die da unten wenigstens die richtigen Töne, wenn sie verhaftet werden.
– Wusstet ihr, dass Musik einmal eine Waffe war? In England haben sich König und Adel gegenseitig zersungen. Sich pleitegesungen in den Opern.

*Wir schlafen sicher bis zum Morgen, ob Menschen noch so grausam sind.*

– Da unten auf dem Platz verlangt sicher niemand nach einer Zugabe.
– Glaubt ihr, unser Prof ist wirklich bei den Leuten da unten?
– So wie Martin? Niemals.
– Wer weiß sowas schon.
– Kann mal bitte wer dieses Scheiß Cembalo abstellen?
– Der Bachauftritt am Freitag. Wenn es Freitag noch Bachauftritte gibt.
– Revolution steht nicht in unserem Vorlesungsverzeichnis.
– Klar. La Battaglia di Legano, Wozzeck, Wilhelm Tell ...
– Sehr witzig. Ich kann mir schon vorstellen, dass er da unten ist.

*Sulla tua bocca.*

– Na dann können wir ja auch gehen.
– Runter?

– Spinnst du?
– Nach Hause!
– Warum nicht runter?
– Verrückter! Der beste Platz für sowas ist vor dem Fernseher.

*Seht ihr's nicht? Immer lichter wie er leuchtet.*

– Der beste Platz für sowas ist die Akademie, genau hier, wo wir sitzen und singen.
– Hast du keinen Heimatsinn?
– Natürlich! Deshalb sitze ich hier und stehe nicht unten auf dem Platz.

*hinwehe–he–he–he–he–hen*

– Du bist ein Arschloch!
– Eh, komm mal runter. Wir sind hier alles keine Patrioten. Wenn wir Erfolg haben, treten wir in Sydney auf und in Mailand und Athen. Dieses Land werden wir umso seltener sehen, je besser wir sind.
– Trotzdem ist es unser Land. Ich werde runtergehen zu den anderen.

*Pastorello, sei soggetto facilmente a t'ingannar.*

– Und den Professor suchen gehen?
– Und mithelfen, etwas zu erreichen.
– Oh ja, singe sie in Grund und Boden. Trottel.
– Lass ihn doch gehen, wenn er sich verhaften lassen will.
– Redet ihr nur. Ich mache mich hier vom Acker.
– Hey Mann, wir haben nur Spaß gemacht. Du bringst dich in Gefahr da unten.

– So wie Martin. Er macht mir Schuldgefühle. Ich sollte …

– Sieh es doch mal so. Es sind Tausende da unten, sagen die Nachrichten.

*Seht ihr's nicht? Wie das Herz ihm mutig schwillt, voll und hehr im Busen ihm quillt?*

– Zehntausende, sagen die ausländischen Nachrichten.
– Zehntausende. Da kommt es auf einen mehr oder weniger doch nicht an. Hier schon. Du bist einer der besten Sänger, etwas Besonderes. Da unten bist du nur ein Tropfen im Meer, wenn ihr mir die Metapher mal durchgehen lasst.
– Haha, ja die lassen wir dir durchgehen. Du hast schließlich Recht.
– Du meinst, sogar du hast diese Metapher verstanden?
– Unser Professor hat sie anscheinend nicht verstanden.
– Vielleicht ist er auch einfach nur spät dran. Man kommt ja kaum noch zu uns durch.
– Vielleicht.
– Warten wir noch ein bisschen.
– Wenn du meinst, du musst unbedingt gehen, dann geh. Aber es wäre besser, wenn du noch ein wenig mit uns warten würdest.
– Wie lange soll ich denn noch warten?
– Ein paar Minuten schaden nicht.
– Vielleicht gibt's bis dahin ja was ganz Neues. Das erfährst du am Fernseher früher als da unten.
– Du meinst die Regierung löst sich einfach in Luft auf?
– Ich meine, du solltest wenigstens noch etwas warten.
– Warten, warten, warten …
– Wenigstens noch ein paar Minuten. Ich wollte dich vorhin nicht beleidigen.

– Ist ja schon okay. Ach was solls, ein paar Minuten können die da unten noch auf mich warten.
– Hört ihr, es singt keiner mehr hier drinnen. Vielleicht eine Nachricht?
– Dann kommt sie sicher gleich zu uns.
– Siehst du, warten ist sowieso besser. Ausrichten können wir eh nichts.
– Meint ihr ...
– Hm?
– Meint ihr, sie werden was ändern? Die da unten.
– Sicherlich. Sie werden auf jeden Fall etwas ändern. Nur in welche Richtung?
– Wird sich zeigen.
– Ja, wird sich zeigen.
– Die Musik hier wird jedenfalls nicht besser.
– Nein. Das bringt keine Revolution fertig, sicher nicht.
– Ich würde ja Cembali verbieten, wenn ich Präsident wäre!
– Amen!

## *Larissa de Lima*

Fabian onanierte dreimal täglich, manchmal auch öfters, wenn niemand nach ihm sehen kam. Er hatte das, was sie in den Gerichten eine schwere Kindheit nennen und womit sie vormittags die Talkshows füllen. Er sei sehr kräftig, sagte man ihm, und meinte: fett, und zwar sowas von. Massiv übergewichtig. Er wusste es, und tat wenig dagegen; nicht weil er nicht wollte – es ging für ihn gar nicht anders, jede Anstrengung, über die seine Nachbarn nicht einmal nachgedacht hätten, wurde für ihn zu einem unüberwindbaren Hindernis. Seine Schwester war viel für ihn da, sie teilten sich das große Haus ihrer Eltern, die vor ein paar Jahren gestorben waren. Sie spielten zusammen ein Online-Rollenspiel, kochten und machten dies und das. Auf Facebook hatte er vereinzelte Kontakte mit Frauen, ansonsten saß er oft vor Pornos, meist mit dicken Frauen, weil ihm das wahrscheinlicher erschien, dass so eine auch mit ihm schlafen könnte, irgendwann mal. Über einen Klassenkameraden kannte er einen Brasilianer aus Manaus. Facebook schlug ihm immer wieder junge Frauen aus Brasilien vor, die er adden könnte. Er klickte sich durch die freizügigsten Profile, sah sich die Bilder an, verlor sich in Phantasien. Lernte sogar ein bisschen Portugiesisch, um die Bildunterschriften lesen zu können – dazu musste man nicht viele Worte beherrschen. Er verachtete die Kerle, die irgendwelche sexistischen Sachen direkt unter die Fotos schrieben. Einigen der Frauen schickte er Kontaktanfragen. Einige nahmen sie an. Er schrieb ihnen dann in einer wilden Mischung aus Englisch und schauderhaftem Portugiesisch. So gut wie nie kam eine Antwort.

Larissa de Lima hatte eine ziemliche Wut auf ihren Freund. Um ihn eifersüchtig zu machen, öffnete sie ihren Browser und las sich die Nachrichten durch, von denen sie täglich dutzende bekam. Ihre Bilder waren sehr freizügig, sie liebte das, wenn die Zahl der Likes immer weiter hoch kletterten, höher als bei Luana, dieser dämlichen Ziege aus ihrer Clique, die sie insgeheim hasste. Warum ihr das gefiel, wusste sie nicht; vielleicht hatte es was damit zu tun, dass sie die mittlere von drei Schwestern war. Sie hatte ein wenig getrunken und wollte sich auf irgendeine Weise an ihrem Freund rächen, antwortete dem merkwürdigsten Typen unter denen, die sie heute angeschrieben hatten. Er war zwar äußerlich eher abstoßend, dachte sie, aber doch merkwürdig sympathisch. Zumindest das, was sie von seinen Nachrichten verstand.

Manchmal schickte sie ihm Bilder von sich, die auf ihrem Profil nicht zugelassen worden wären. Was der Mann am anderen Computer machte – – der Gedanke gefiel ihr. Und auch, dass er sie so vergötterte. Vor allem aber, dass er tatsächlich so weit weg war. Da bestand nicht die Gefahr von Komplikationen. Nach drei Wochen jedoch war sie das Spielchen leid und antwortete nicht mehr – der Typ wurde scheinbar immer verzweifelter und schrieb ganz oft. Sie ignorierte ihn.

Das ist die ganze Geschichte, so banal sie auch klingen mag. Wer weiß, wie oft sie passiert. Aber für jemanden wie Fabian war es nichts, was sich so leicht wegstecken ließ. Und seine Schwester würde sich bald viele unangenehme Fragen stellen.

Inhalt

5 Schwarze Algen
28 Das Schweigen der Libelle im Winter
35 Nacht auf die Handfläche
43 Tamburello
51 Monte Carlo
61 Die unsichtbare Grenze
65 Little Varna
82 Nara
93 Paintball
121 Hitze
128 Vater
135 Gesänge
142 Larissa de Lima

Kai Gutacker, 1990 in Offenbach geboren, wuchs in Niddatal im Wetteraukreis auf. An der Humboldt-Universität zu Berlin studierte er Deutsche Literatur, Kulturwissenschaft und Europäische Literaturen. 2008-2010 war er Jahressieger beim lyrix-Wettbewerb. Es folgten verschiedene Veranstaltungen mit dem Deutschlandradio sowie Veröffentlichungen in den lyrix-Anthologien. 2014 nahm er an Juri Andruchowytschs Lyrikprojekt »Erfundene Dichter« teil und bereiste im Rahmen der daran geknüpften Lesereise die Ukraine. *Nacht auf die Handfläche* ist seine erste Buchpublikation.